坂井希久子

たそがれ大食堂

TASOGARE
DAISYOKUDO

双葉社

CONTENTS

装画　yogg
装幀　アルビレオ

可愛いオムライス

それはセピア色の記憶。

早くしなさいと急《せ》かされながら、うんと背伸びをしてショーケースに貼りつく。

ピンと反《そ》ったエビフライ、デミグラスソースのかかったハンバーグ、とろっとろのあんかけラーメン、真っ赤に染まったナポリタン、ウエハースの載ったアイスクリーム、夢が詰まったプリン・ア・ラ・モード。

どれもこれも魅力的で、目の前がチカチカする。

だけど、それでも――。

やっぱり、お腹《なか》がぱつんと張った黄色いオムライス！

好きねぇと呆《あき》れられながら、自分で券売機のボタンを押す。

出てくるのは魔法の切符。いい子にしていたご褒美に、ひとときの夢を見させてくれる。

あのころの大食堂には、まだ輝きが残っていた。

一

西側一面に取られた窓が、茜色《あかねいろ》に焼けた空をパノラマに映す。じわりじわりと夜の藍に侵食されつつ、残光は雲に未練を滲《にじ》ませる。

この大食堂も、黄昏色《たそがれ》。べつに夕暮れ時でなくとも、入り口に施されたオレンジ色のステンドグラスと電球色の照明、それから否応《いやおう》なしの斜陽感のためか、そう見える。

厨房《ちゆうぼう》とホールを仕切るカウンターの前に立ち、暮れゆく空に目を遣《や》っていた瀬戸美由起《せとみゆき》は、「マネージャー」と声をかけられ、我に返った。黒いワンピースの制服を着たパートの女性が二人、こちらに頭を下げてくる。

「時間なので、お先に失礼します」

「ああ、はい。お疲れ様です」

三十八歳の美由起より、ベテランパートたちのほうがずいぶん歳上だ。それに食堂勤務歴も長い。この大食堂のマネージャーになってまだひと月という心許《こころもと》なさもあり、スタッフにはそれなりに気を遣う。美由起は満面の笑みで帰ってゆく二人を送り出した。

午後六時半のラストオーダーが過ぎ、人員はもはや少数でいい。ホールには美由起が残るのみ。厨房でも、まだ料理の提供がある洋食部門以外は後片づけに入っている。

「お願いしまーす」

副料理長の中園敦《なかぞのあつし》の声がして、カウンターに湯気の上がる皿が置かれた。出来たてのオムライス。昔ながらの、卵でチキンライスを包んだものだ。ラグビーボール形に膨らんだお腹のところが、真っ赤なケチャップソースに彩られている。

「はーい」

愛想よく返事をして、左手に載せたトレイに皿を置く。トレイは手のひらではなく指で持つのだと教えてくれたのは、さっき帰ったパートさんたちだ。はじめはおっかなびっくりだったが、ようやく様になってきた。

二百席もある食堂だが、客の姿はすでにまばらで、半券に書き込まれた席番号を確認するまでもない。このオムライスが本日最後のオーダー。ラストオーダーぎりぎりにやって来た女性客のものである。

「お待たせいたしました」

高い裏声を使い、客の前に料理をサーブする。紙ナプキンで包んだスプーンも添えて、代わりにテーブルに置いてあった食券のもう半分を回収した。

「ごゆっくりどうぞ」

七時閉店なのだからあまりゆっくりされても困るのだが、儀礼的に腰を折り、下がろうとする。

「待って」

呼び止められた。

なにか不都合でもあったかしらと、美由起は微笑《ほほえ》みを浮かべたまま首を傾《かし》げて見せる。相手の女は四十がらみ。目元に険が含まれている。

「あなたがマネージャーの、瀬戸さんね」

美由起は胸元に目を落とす。たしかに名札はついているが、役職までは書かれていない。他のスタッフたちとは違い、一人だけ黒のパンツスーツだからそう思ったのか。それともさっきパートさんたちに呼ばれていたのを聞いていたのか。

「ええ。そうですが、なにか」

あらためて見ても、知らない女だ。スポーツでもしていたのか肩が厚く、太っているわけではないがたくましい。髪も女性にしては短くて、つまり細身でロングヘアーを一つに束ねた美由起とは正反対の見た目である。

女は化粧っ気のない頬を歪《ゆが》めて、笑ったようだ。

「この食堂は、いつからあるの?」

元号が昭和だったころから変わらない大理石模様のテーブル、座席番号を示す銀色のスタンド、つまみを摑《つか》んで持ち上げるタイプの古い箸立て。そういったものを見回しながら問うてくる。

「はい、当食堂のオープンは一九七六年ですから、もう四十年以上になります」

この手の質問は珍しくもない。美由起は笑顔のまま、淀《よど》みなく答える。

「へぇ。どうりで古めかしいはずね」

妙に棘《とげ》のある言い回しだ。だけど、感じかたは人それぞれ。己にそう言い聞かせ、眉間に皺《しわ》が寄らないよう心掛ける。

「ええ、どうぞ当店のクラシカルな雰囲気をお楽しみください」

ものは言いよう。言葉を巧みにすり替え、一礼する。それでも女は皮肉げな笑みを頰に浮かべたままだ。

「クラシカル、ねぇ」

嫌な感じ。たしかに設備は古くあちこちにガタがきているが、文句があるなら入らなければよかったのだ。

「ありがとう、もういいわ」

女に手で追い払われ、もう一度深く腰を折ってから引き下がる。嫌な客を相手にするときほど、動作は丁寧に。そうすることで少しは頭が冷える。

店内が広く見渡せる定位置にまで戻り、乱れがちな呼吸を整える。大丈夫、冷静に対処できたはず。さりげなく窺《うかが》うと、女は面白くもなさそうな顔つきでオムライスを口に運んでいた。

二

東京までは通勤圏内、歴史ある蔵の町。マルヨシ百貨店は地元民なら誰もが知る、地方デパートである。

私鉄の駅からは徒歩三分。かといって鉄道系の百貨店ではなく、江戸期から続く老舗《しにせ》呉服屋系でもない。創業者である村山良三郎《むらやまよしさぶろう》が昭和十二年に「良三郎商店」を立ち上げ、それを戦後株式会社化し、「マルヨシ百貨店」と商号変更したものである。

以来地元に支えられ、百貨店冬の時代と呼ばれる昨今、各地の名店が破綻し、大手同士が統合して生き残りを図る中でも、地道に利益を出している。

社の沿革は入社時の研修で頭に叩き込まれたから、今でも空で言えてしまう。

午前八時四十五分、美由起は裏口にある従業員専用の駐輪場に自転車を止め、自身の勤務先を見上げる。見る度に、古びたものだと感心する。

頭の中の沿革を繰ってみると、この建物ができてからすでに四十年以上が過ぎている。必要に迫られて耐震工事やリノベーションは施されているが、全体的に昭和のにおいがするデザインだ。丸に良の字が入った赤いロゴも、心なしかくすんでいる。

隣の市で生まれ育った美由起も子供のころ、母に連れられて何度か来た。そのころから数えても、約三十年。世代交代が必要になるわけである。

従業員出入り口から入り、ロッカーで手早く着替えを済ませる。百貨店の営業は午前十時からだが、なかなか時間が取れない事務仕事を片づけるため、時間前から出勤しているスタッフは多い。特にチーフやマネージャーといった肩書きがつくと、その傾向が強くなる。

美由起もまた、ご多分に洩《も》れず。狭くて暗いバックヤードを通り、貨物兼用のエレベーターで最上階の六階へ。壁に擬態したドアを押しフロアに出ると、まず食品サンプルの並んだショーケースに迎えられる。

マルヨシ百貨店の最大の特徴といえば、外商に強いことでも、十年前からはじめた葬祭サービス事業でもなく、最上階の食堂がまだ現役だというところだ。しかも外食業者への業務委託はせず、自社経営なのである。

日本国中を探しても、かなりのレアケースとなってしまった。もはやガラパゴスと言ってもいい。従業員の高齢化も進んでおり、六十過ぎまで頑張ってきた食堂部門のマネージャーと料理長が、この春揃《そろ》って引退した。そのため、食器・リビング部門でマネージャーを務めていた美由起が、食堂部門に異動となったのだ。

飲食業の経験は、アルバイトすらしたことがない。それでも頑張らなきゃと、スーツの襟を整える。

四月のはじめに大失敗を犯し、その直後に出た辞令だ。懲罰の意味もあるのかもしれないが、本来ならマネージャーから降格されてもおかしくはなかった。この異動は新天地で一からやり直せという訓示なのだろうと、前向きに捉えている。

食堂のオープンは、午前十一時。早出の厨房スタッフの出勤が、その一時間前だ。誰もいない朝の食堂は、がらんとしていてよそよそしい。せっかくの静謐《せいひつ》を邪魔するなと、拒絶されているようですらある。

それでもここに、自分の居場所を作らなければ。

経費削減のため開店前は空調を抑えているから、五月半ばに長袖のスーツは暑い。美由起は脇に汗が滲むのを感じつつ、テーブルに伏せてあった椅子を下ろす。

居場所を作るためにはまず、数字を出すことである。料理長の任命はなぜか保留とされており、マネージャーである美由起は必然的にここのトップとして、みんなを束ねるよう努力しなくてはならない。百貨店の来客数と売り上げは年々じわじわと下落しており、当然大食堂も好調とは言えない。伝統的なものの価値が薄れ、新しいものが歓迎される時代だが、それでもこの昭和レトロな雰囲気を、集客に繋《つな》げられないものだろうか。

百貨店の大食堂というノスタルジー、一周回った斬新さ、洗練されていないがゆえの愛らしさ。そういったものは、今の若者にもうけるだろう。

シャワー効果という言葉がある。主に百貨店で使われるもので、上層階の施設を充実させ、上から下へと客の流れを作り、店舗全体の売り上げ増加に繋げる販売手法である。たとえばレストラン街に人気のテナントを入れる、集客力のある催事を行う、といった試みがそれだ。

大食堂が、その役目を担えるならば。若者の百貨店離れにだって、ブレーキをかけられるかもしれなかった。

己の汚名返上のためにも、この先一年が勝負である。「よし！」と気合いを入れ直し、美由起は鞄《かばん》から取り出したラップトップパソコンを開いた。

いよいよ開店十分前。早出スタッフは厨房、ホール合わせて十六人。準備が整ったところで全員を一カ所に集め、簡単な朝礼を行う。

厨房は洋食部門、和食部門、麺部門、デザート部門と分かれており、それぞれのスタッフから注意事項があれば共有してもらう。といっても自発的に発言できる者ばかりではないので、こちらから水を向けてやらねばならない。

「今日から冷やし中華がはじまりますよね。具はなんですか？」

尋ねると、麺部門の女性が背筋を伸ばした。待遇はパートだが、勤続年数の長い人だ。

「あ、はい。キュウリ、錦糸卵、ハム、ワカメです」

「タレは酢醤油《すじょうゆ》ベース？」

「はい。それで皿の縁に芥子を添えます。芥子抜きのご要望は半券に書き込んでください」

「分かりました。ホールの皆さん、特にお子様のいるグループにはその旨お伝えしてください」

ホールスタッフ六人も、皆パートだ。うち四人は勤続十年を超えている。冷やし中華が出るのも毎年のことなので、「はいはい」と半ば聞き流している。

ひと通りの申し送りが終われば、「さぁ今日も笑顔で頑張りましょう」と締めくくるのが通例だ。だが朝礼が終わる前に、背を向けた入り口から人が入ってくる気配がした。

百貨店の大食堂に、開閉式のドアはない。それでも『準備中』の看板は出ていたはずだ。相手がせっかちな客である可能性を考えて、美由起は笑顔を作ってから振り返った。

「若社長」

そう呟《つぶや》いたのは、副料理長の中園だ。こんな所にはめったに姿を現さない人物を前にして、ぽかんと口を開けている。

「おはようございます！」

日の浅いパートの中には、顔を知らない者もいたのだろう。中園の呟きを受けて、スタッフ一同が腰を折った。

「まぁまぁ、いいからいいから」

マルヨシ百貨店三代目社長、村山翼《つばさ》は鷹揚《おうよう》を装って、かしこまるスタッフを労《ねぎら》う。もう四十も半ばを過ぎたはずだが、相変わらずよく日に焼けた、ホスト崩れのような風貌だ。ロレックスがよく見えるよう、手を前に出すときはいったん腕を伸ばしきって、スーツの袖から左手首を覗《のぞ》かせる。そんな動作が無意識に染みついている。

若社長は白い厨房服を身に着けた、四十がらみの女を伴っていた。その顔に見覚えがあるのに気づき、美由起は目を瞠《みは》る。

「長らく料理長不在で皆には迷惑をかけたと思うけど、ようやくね、僕がスカウトしてきましたから。前場智子《ぜんばともこ》さん。行きつけの、中目黒《なかめぐろ》のビストロにいた人」

「前場です。よろしくお願いします」

居並ぶスタッフに向かって挨拶をする前場智子は、肩が厚くたくましい。間違いなく昨日美由起に対して、店の古めかしさをあげつらってきた女だった。

「その前は、都内の洋食店とホテルのフレンチレストランで修業をしていたんだよね」

若社長が誰もが知る老舗洋食店と、外資系ホテルの名を口にする。その経歴に、パートのおばさんたちがざわめいた。

大正ロマンの香りすら漂う老舗と、キラキラしいラグジュアリーホテル。ずいぶん華やかな道を歩んできたらしいのに、なぜこんなところに。都落ちにもほどがある。

「待ってください。聞いてませんよ」

中園が不満の声を上げ、美由起も「ええ」と同意する。

「私も、初耳です」

前料理長の退職が二ヶ月前。それ以来ポストは空いていたが、副料理長の中園が引き継ぐものと思っていたし、厨房もそのつもりで回っていた。

まだ三十四歳とはいえ、中園は高校時代のアルバイトからの叩き上げで、大食堂のメニューには誰よりも精通している。前料理長も、後継者とするつもりで育ててきたのだろう。でなければ厨房全部門の責任者を経験させた上で、副料理長に指名したりはしない。

「驚いたでしょう。僕が引き抜いてきたんだからね。感謝してね」

創業一家の長男としてなに不自由なく育ったせいか、若社長は驚くほど自己肯定感が強い。不満の声すら、賛美に聞こえてしまうらしい。得意げに顎を反らしてみせた。

「そんなわけだから前場さん、よろしくね。分からないことがあったらこの二人に聞いて。それじゃ、今日も笑顔で頑張って」

朝礼の締めの言葉を代わりに言うと、若社長は右手を上げて去ってゆく。「あの」と慌てて追いすがり、ショーケースの前で追いついた。

「ああ、そうだ。マネージャーには話しておかないとね」と、若社長が振り返る。

通路の端に美由起を呼び、耳打ちをするように言う。

「このところ、百貨店の売り上げが芳しくないのは君も分かってるよね。ここだけの話だけど、最近じゃ役員達の間で、大食堂はやめにしてこのフロアをテナント貸しに切り替えようという声が挙がっているんだ」

「えっ」

思わず小さく叫んでしまった。まさか、この大食堂がなくなるということだろうか。

「もちろん、まだ決まったわけじゃないよ。当然残したいという声だって多いからね。けど、このまま売り上げが厳しい状態にしておくわけにはいかない。だから君たちのために、都会の一流のシェフに来てもらったんだ。この状況を改善するためにね」

突然の通告はショックが大きく、目の前が暗くなる。売り上げの低迷は百貨店全体の問題だと思っていたが、まさか大食堂がそのような崖っぷちに立たされていたとは。

「まぁ、僕は味方だから安心して。頑張ってね」

若社長は明るくそう言って美由起の肩を叩き、颯爽と行ってしまった。


「なんなんすか、あの女!」

従業員出入り口から駐輪場に出たとたん、中園敦が溜《た》め込んでいた怒りをぶちまける。腹から絞り出された声は思いのほかよく響き、美由起は「まぁまぁ」とその肩を叩いた。

「いや、マネージャーだってムカついてるでしょ。今日一日の態度、何様ですか、あれ」

悪い人ではないのだが、中園は直情傾向にある。昔はヤンキーだったらしく、額にそり込みの跡が残っていたりもするが、そういう輩《やから》にかぎって変に純粋だったりするからやっかいだ。

「うん、気持ちは分かるけど、声を落として」

こんなふうにちゃんと言葉にしないと、こちらの意図が汲《く》み取れない。

「すみません、つい」

中園がしょんぼりと肩をすぼめる。だけど気持ちは分かるのだ、本当に。美由起だって、戸惑っている。

突如として現れた料理長、前場智子は不慣れな環境に萎縮するでもなく、「初日だから今日は、厨房の中を見させてもらうわ」と宣言し、腕を組んでじっとスタッフの働きを注視していた。無遠慮な視線を注がれて、厨房はさぞ仕事がしづらかったことだろう。

そうやって一日を過ごし、営業時間もそろそろ終わろうというころ、智子は「だいたい分かった」と言いながら近づいてきた。そして「マネージャーに副料理長、この後ミーティングをしましょう」と、こちらの都合も聞かずに決めてしまったのである。

他のスタッフを通常通りに帰してから、プラスチックのコップに水を注ぎ、智子と向き合うことになった。できるかぎり残業はしたくないが、この三人で今後の方針を擦り合わせておくのは、早いほうがいい。

ところが智子は美由起や中園になにか質問するでもなく、一方的に宣言した。

「まずは洋食から、メニューのてこ入れをしていきます」

人というのは、想定外の事態に弱い。美由起のみならず中園までが、自信に満ちた智子の顔をぽかんと眺める羽目になった。

「聞けばレシピは、創業当初からほとんど変わっていないんですってね」

「いいや、違う。ここの社屋に移ってからだ」

最初の衝撃が去り、さすがに聞き捨てならないと、中園が口を挟んだ。そうだとしても、四十年以上は変えていないことになる。

「怠慢ね」

智子は当たり障りのない言葉を選ぶことなく、きっぱりと断じた。

「あんだと?」

中園にすごまれても、動じない。涼しい顔で水をひと口飲んだ。

「伝統を守る老舗だって、時代と共にマイナーチェンジはしているものよ。舌の肥えた現代人に、満足してもらえるようにね。昔に比べれば今なんて、いくらでも美味《おい》しいものがあるんだから」

今のレシピは先々代が開発し、前料理長から受け継いだものである。息子のように可愛《かわい》がられてきたという中園が、先に繋ごうとしていた味だ。怠慢とまで言われては、黙っていられるはずがない。

「いやいや、ぽっと出がいきなりなに言ってんすか。この味が懐かしいって、長年通ってる常連さんもいますんでね」

「そう?　昨日食べたオムライス、ちっとも美味しくなかったけどね」

「てめぇ、ふざけんなよ!」

よく我慢したほうだが、中園はついに椅子を蹴って立ち上がった。なにしろ昨日のオムライスを作ったのは、彼である。

「はい、ストップ、ストップ。落ち着いて!」

暴力沙汰はご免だ。美由起は智子の胸ぐらを摑みかねない中園の前に躍《おど》り出て、体で止めた。すぐに勢いを殺せたから、中園だって女性相手に本気で手を出すつもりはなかったのだろう。

一方の智子はといえば、血相を変えた男を前にしても平然と座っている。それどころか名案とばかりに、手を打ち鳴らした。

「そうね、まずはオムライスからてこ入れをしていきましょう」

いったいどういう神経をしているのだ。鼻息の荒い中園を背中で押さえながら、聞いてみる。

「あの、てこ入れをするにしても、伝統あるメニューをいきなりリニューアルするというのはどうなんでしょう」

迫力のある智子の眼差《まなざ》しが、美由起を捉える。危うく飲まれそうになったが、しっかりしろと己を鼓舞して先を続けた。

「うちは懐かしの大食堂としてグルメサイトに取り上げられたり、遠方からの観光客がレトロな雰囲気を求めて立ち寄ったりもします。そんな『古き良き』ところが魅力なのに、急にそれを捨ててしまっては、お客様も戸惑われるのではないでしょうか。まずは広報活動に力を入れたり、経費削減の見直しからはじめてみては――」

語尾が尻すぼみになったのは、話の途中で智子がやれやれと、首を振って見せたからだ。

「社長から、うちの売り上げデータは見させてもらったわ。順調に右肩下がりだったわね。このままでいいと、本気で思ってるの？」

鮮やかな切り返しに、美由起はどきりと胸を押さえた。若社長の言っていた、大食堂の代わりにテナントを入れる可能性についても、もしかすると彼女は聞かされているのだろうか。その上での提案であるならば、中園と一緒になって反対するのも躊躇《ためら》われる。

「それにあなたの企画、『レトロな昭和の大食堂で食玩作り体験』だっけ。一時的に人を集められるかもしれないけれど、それだけよ。食堂なんだから、料理で勝負しなくてどうするの」

「なぜ、それを」

上に提案して、ボツにされた企画まで智子は把握していた。呆然《ぼうぜん》とする美由起に向かって、頬を歪めて笑ってみせる。

「『古臭さ』を『昭和レトロ』と言い換えて、お粗末な料理の上に胡座《あぐら》をかかないで。私は料理人だから、あんな卵がぺらぺらのオムライスなんか人に出せない。いっそのこと、カバータイプに変更してはどうかしら。そちらのほうが人気があるでしょ」

オムライスは、ざっくりと二種類に大別できる。昔ながらのライスを卵で包むラッピングと、卵で全体を覆うだけのカバーである。

ふわとろのカバータイプが一般的になったのは、九〇年代後半のカフェブームからだろうか。当時高校生だった美由起も、オムライスの概念が変わったと思った。今でも個人的な好みで言えば、カバータイプに軍配が上がる。

だけど、マルヨシ大食堂のオムライスは――。

ぎりり。背後で中園が歯ぎしりをした。怒りを抑えた低い声で、問い詰める。

「てめぇに、なんの権限があるってんだよ」

「あるわよ。料理長権限が」

智子は人の神経を逆撫《さかな》でするのがうまいようだ。しれっとした顔で応じた。

「若社長には、好きなようにやっていいと言われてる。だから私は、ここに来たの」

自転車の鍵を外し、歩道に出る。中園もヘルメットを右腕に掛け、二五〇ccのバイクを引いてきた。まだ愚痴を零《こぼ》し足りないようで、美由起の横に並んで立つ。

「俺はね、断固闘いますよ。勝負は明日っす。あんな横暴、他のスタッフだって許すはずないんすから」

美由起があまり遅くまでいられないから、続きは明日の朝ということにして解散した。熱くなってしまった中園を落ち着かせたかったし、自分も頭を整理したかった。

だがこのぶんだと中園の怒りは、明日に持ち越しそうである。

「若社長も、なに考えてんすかね。よそで実績があったって、うちにはうちのやりかたがあるってのに」

「う〜ん、そうねぇ」

すぐそこの車道を、白いベンツが横切ってゆく。若社長の車だ。

マルヨシ百貨店の経営は、楽観視できないところにきている。それでも若社長の羽振りがいいのは、前社長、つまり今の会長がはじめた郊外型の大型スーパーが好調だからだ。そのおかげで百貨店の収益が目減りしていても、なんとか現状維持の経営を続けていられた。

だから大食堂がなくなるかもしれないとは思いもよらず、美由起も異動を受け入れた。新天地で再起を図ろうというときに、こんな問題が持ち上がるなんて。

可能性を仄めかされただけの今の段階では、他の従業員にはなにも言えない。売り上げのために智子が呼ばれたのなら、彼女と従業員との間に軋轢が生じないようにするのが美由起の仕事だ。

「ともかく、これから一緒にやっていくわけだし。もう少ししっかり話をして——」

白いベンツをなにげなく目で追っていて、気がついた。助手席に、若い女が座っている。

あの女性は、たしか——。

「あっ、ああ！　白鷺《しらさぎ》さん？」

中園も気づいてしまったようだ。智子に凄《すご》んでいたのとは、別人のような狼狽《ろうばい》ぶりで、声を上擦らせる。

ベンツはどんどん遠ざかり、交差点を左折して見えなくなった。だがあれはたしかに、白鷺カンナだった。

マルヨシ百貨店の顔ともいえる、受付嬢だ。短大を出たばかりのハタチである。

「えっ、えっ、なんで？」

入社当初から、可愛い子が入ったと男性社員が騒いでいた。ぱっちりとした夢見る瞳に、ピンクのチークが映える頬。さくらんぼ色の唇が奏でる声は、小鳥の囀《さえず》りのように愛らしい。小柄で思わず守ってあげたくなる風情があり、インフォメーションに配属されてからは常連客の中にも順調にファンを増やしている。

中園も、ひそかに憧れていたくちなのだろう。残念なお知らせがありますと、美由起は胸の中で前置きをした。

「二人でよく、出かけているみたいですよ」

「つき合ってんの？」

「知りませんけど」

カンナになにを期待していたかは知らないが、毎朝髪を隙のない内巻きボブにブローしてくる女がただ純真なだけのはずがない。本当はそうとう計算高いのだろうと、同性ならばすぐに見抜く。だからカンナは女性社員からのウケが悪かった。

「だって若社長、奥さんも子供もいるじゃん！」

中園の血を吐くような叫びに、美由起はうんざりとため息をつく。

そう、若社長は既婚者だ。不倫をする男も相手の女も、まったくもって許しがたい。しかも従業員の目につくところで車に乗って去るなんて、脇が甘すぎるではないか。

美由起が入社した十五年前にはすでに、社長は「若社長」と呼ばれていた。いまだに「若」が取れないのは、こんなふうに腰が定まっていないせいだ。本人は見た目がいつまでも若々しいからと解釈しているらしいが、裏では「バカ社長」とも囁《ささや》かれている。現場になんの相談もなくあんな癖の強い料理長を送り込んでくるあたり、やっぱりむちゃくちゃだと思う。

マルヨシ百貨店は、そして大食堂は、この先どうなってしまうのか。

急に現れた智子のことも、どこまで信用していいのか分からない。

羅針盤も持たずに漕《こ》ぎ出した舟のように、美由起は不安な気持ちで揺れていた。

三

職場から自転車で約十分。観光の中心地である蔵造りの町並みは、日中は人も車も多くて走行しづらいが、この時間ならまっすぐに突っ切れる。

美由起はこめかみに汗を浮かべつつ、二階建てのアパートの階段を駆け上がり、突き当たりの部屋のドアに取りついた。

「ごめん、遅くなった！」

靴を揃えるのは後回しにしてダイニングに駆け込むと、テーブルセットの椅子に立て膝で座っていた美月《みづき》が顔を上げる。手元には漢字ドリルが広げられており、宿題を片づけていたようだ。

「ごめん、本当にごめんね。すぐご飯にするね」

時計を見れば、すでに八時半だ。さぞかしお腹を空《す》かせていることだろう。できるかぎり十時には布団に入れてやりたいのに、風呂の時間を考えるとちっとも余裕がない。

「いいよ、そんなに焦んなくても。また自転車かっ飛ばしてきたんでしょ。危ないからやめてって言ってんのに」

この春から小学五年生になった美月は、もういっぱしの口を利く。息を切らしている美由起に、説教までするくらいだ。

勉強の邪魔になるのか、前髪をリボンつきのゴムで留めてあり、古いたとえだが子連れ狼《おおかみ》の大五郎《だいごろう》みたいで可愛らしい。美由起はおでこが狭いから、すっきりとした額は別れた夫譲りだろう。近ごろ妙に、大人びた表情をするようになった。

「ご飯だって、カレーくらいなら私も作れるのにさ」

「それはダメ！」

「分かってるよ。ママのいないときに包丁とガスは使うな、でしょ」

二人で暮らしてゆくことになった四年前に、取り決めた約束だ。五年生なら許可しても大丈夫なのかもしれないが、心配が先に立ってやめどきが分からない。それに自分が働くことで、娘に負担をかけたくないという後ろめたい気持ちもあった。

「分かってるじゃない。偉い、偉い」

職場のロッカーで、スーツから普段着に着替えてきた。美由起はハンドソープで手を洗い、椅子の背にかけてあったエプロンを身に着ける。疲れていても、座ってひと休みをする暇はない。

「今日はなにしてたの？」

「べつに。普通に帰って、マンガ読んで宿題してた」

「そっか」

美月は三月まで学童に通っていたのだが、定員オーバーの際には下の学年が優先されるのと、本人の希望もあり、今年度からやめることになった。新しい指導員の先生が協調性を重んじるタイプで、仲間から外れて一人本やマンガを読んでいたい美月とは合わなかったらしい。

「よかった、清々《せいせい》した」と美月は喜んでいるものの、親としては放課後の長い時間をどう過ごしているのか、見えないだけに気がかりだ。このくらいの年ごろから、子供は大人に嘘《うそ》をつくのがうまくなる。

「あと、溜まってた洗濯物やっといた」

「えっ。ありがとう」

「体操着洗いたかったから、ついで」

実のところ、家事はあまり得意じゃない。帰ったらすぐに洗濯機を回そうと思っていたのに、忘れていた。母親がそんなだから、美月は自分にできることを探してやろうとする。嘘をついているかもしれないと疑ってしまったのが申し訳ないくらいの、いい子だった。

「手伝う？」

「ううん。下準備はもうできてるから、宿題やっちゃいなさい」

「はぁい。ご飯なに？」

職場であんなことがあるとは思わずに、朝のうちに下拵《したごしら》えをしてしまった。柔軟にメニューを変えられるほど、美由起は料理ができるわけでもない。

流しの下から取り出したボウルに卵を割り入れながら、背中で答える。

「――オムライス」


帰宅後の調理時間短縮のため、チキンライスはフライパンで炒《いた》めるのではなく、炊飯器で炊き込んである。不器用な美由起にはこのほうが、ライスがべちゃっとしなくていい。あとは卵で包むか載せるかするだけなので、フライパンが一つしかなくても問題はない。

「包むやつは難しいからね。無理しないでね」

母の料理の腕前をよく知る美月が、宿題の手を止めて気遣ってくる。

「うん、分かってる」

卵料理はもたもたしてはいけない。先に皿を二枚出し、チキンライスを形よく盛りつけておく。その間にフライパンを熱しておき、バターを溶かして割りほぐした二個分の卵液を一気に――。

「あぁっ！」

しまった、フライパンを熱しすぎた。端からみるみる固まってゆき、慌ててゴムべらで混ぜ返す。その結果、出来上がったのは火を通しすぎたスクランブルエッグだ。

「大丈夫、大丈夫。こっちはママが食べるから」

熱くなったフライパンをいったん濡《ぬ》れ布巾の上に置いて冷まし、再挑戦。半熟状態になるよう、ゴムべらで絶えず掻《か》き回す。

よし、そろそろいいんじゃないか。あとはフライパンの上を滑らせて、卵をライスに移すだけ。それなのに、思うように滑ってくれない。

そういえば、卵を入れる前にバターをひき直すのを忘れた。そのせいで、フライパンに貼りついてしまったのだ。

舌打ちしたい衝動を堪《こら》えてフライ返しを手に取り、卵を引き剝がしにかかる。

「あああっ！」

盛大に破れた。けっきょくまた、スクランブルエッグができてしまった。

「ママ、落ち込まないで。ケチャップかければきっと美味しいよ」

流しの縁に手をついてうなだれていると、美月が近寄ってきて背中を撫でてくれた。なにも言われなくてもテーブルの上を片づけて、台布巾で拭いている。母親が不甲斐《ふがい》ないせいで、この子には余計な気遣いをさせてばかりだ。

元夫と別れたときも、慰めてくれたのはまだ幼かった美月だった。正確に言えば、離婚したことを実母に責められたときである。

「まったくアンタは堪え性がないんだから。男の浮気なんて、犬が電信柱にオシッコするみたいなものじゃない。しかも今回がはじめてだったんでしょ。許してやんなさいよ。まだ小さいのに母子家庭になっちゃって、美月ちゃんが可哀想《かわいそう》よ」

そうなのだろうか。美由起さえ我慢すれば済む話だったのか。

仕事をしながら苦手な家事と子育てをこなし、自分の時間などまったくなかった。そんな中でも元夫は飲み会や趣味の映画鑑賞に費やす時間があり、B級映画コミュニティで知り合った女子大生とよろしくやっていた。

いったい、なにから許せというのだろう。家庭を壊すようなことをしでかしたのは向こうなのだ。「子供のため」に、卑屈になるなんてできなかった。

元夫の仕打ちよりも、実母の追い打ちが胸に刺さり、涙が出てきた。子供がいる前で無神経な話をされたことも、悔しくてしょうがなかった。

実家からの帰り道、堪えきれず鼻を啜《すす》りながら歩いていると、手を繋いでいた美月がきゅっと握り返してくれた。

「みづき、かわいそうじゃないよ。ママがいるから、へいきよ」

本当は、パパがいなくなって寂しかったに違いないのに。美由起を悲しませないようにと、自分の感情は後回しにしてしまう。そんな健気《けなげ》な娘のために、オムライスひとつ満足に作ってやれない母親だ。

遣り切れなさを抱えつつ、食卓にオムライスもどきとレタスのサラダ、昨日の残り物の味噌汁《みそしる》を並べてゆく。美月がケチャップでハートを描いてくれたから、少しは美味しそうな見た目になった。

「意外に難しいよね、オムライス。私もこの間、調理実習でやったよ。包むタイプだった。うまくできなくて破れたけどさ」

「あ、そうなんだ」

五年生からは、家庭科の授業がはじまる。そういえば先月、卵がいるから買っといてと言われたことがあった。

「それでさっき、包むやつは難しいって言ってたのね」

オムライスもどきは卵とライスの親和性こそないものの、不味《まず》いというほどでもない。「いただきます」を言ってから、互いに食べ進めてゆく。

「クラスの中でも、包んだやつ食べるのはじめてって子、けっこういてさぁ」

「えっ、そうなの？」

昭和生まれの美由起が子供だったころは、オムライスといえばラッピングタイプしか思い浮かばなかった。家庭で食べるときも、薄焼き卵に包まれて出てきたはずだ。

「載せるだけのほうが簡単だから、そうしてるママが多いみたい。お店でもあんまり、包むやつ見ないもんね」

言われてみれば、いつの間にか外食で見かけるのもカバータイプが主流になっている。今どきの子供たちは、意外にラグビーボール形のオムライスに馴染《なじ》みがないのかもしれない。

「あれっ、美月ももしかして」

「ううん、マルヨシで食べたじゃん。三年のとき」

「そうだっけ」

買いたいものがあれば休憩時間に済ませてしまうため、親子でマルヨシに行くことはあまりない。子供服も百貨店はどうしても高く、量販店に頼っていた。

「あれって不思議だよね。はじめて食べても、なんか懐かしい気がするんだよ」

「そういうもの？」

「うん。あと、可愛い」

「可愛い？」

斬新な意見だった。美由起はスプーンを咥《くわ》えたまま、目を瞬く。

「たとえばさ、オムライスのキーホルダーを作るとしてさ、包むタイプのほうがころんとしてんじゃん。可愛いじゃん」

その感覚はよく分からないが、なるほど「映《ば》え」かと腑《ふ》に落ちる。今の子はＳＮＳが大好きだから、流行の食べ物もフォトジェニックに寄りがちだ。

「なるほど、あれは『可愛い』なのね」

アラフォーの智子や美由起にとってはなんの変哲もないオムライスでも、世代が違えばこうも見えかたが変わる。ならば従来のやりかたを「古臭い」と切り捨ててしまうようなてこ入れは、妥当なのだろうか。

智子の方針をそのまま受け入れては、これまで大事にしてきた古き良きものが失われて、離れていく客だっているだろう。それでも時代に合わせて変わっていかなければならないという、彼女の言い分も理解はできる。

古いものの魅力と、新しい感性。それらをうまく融合させることは、可能だろうか。難しく思えるが、目の前の美月が喜びそうなことを考えるところからはじめてもいいかもしれない。そう思うと、なんだかやる気が出てきた。

「うん、なんとなく分かった。さすが美月、最高！」

「なにそれ。意味分かんない」

出し抜けに手を叩いて喜びだした母親に、美月が不審の目を向けてくる。だがまんざらでもなさそうに、唇の端がひくりとつり上がるのが愛《いと》おしかった。

四

「なんだよアンタ、勝手に厨房に入ってんじゃねぇよ！」

「言っている意味が分からないわ。料理長が厨房に入らないで、どうやって仕事をするの」

「だから、認めてねぇって言ってんだよ！」

約束の営業二時間前に出勤してみると、早くも中園と智子が厨房でやり合っていた。甘くて香ばしい香りが漂っているのは、智子がチキンライスを炒めているからだ。

見とれるほど手際がよく、米の一粒一粒にケチャップがまんべんなく絡んでゆく。そういえば掃除機がけを優先したせいで、朝ご飯を食べそびれた。鳴りそうになるお腹を押さえつつ、カウンター越しに声をかける。

「おはようございます。なにをしているんですか」

朝一で話し合いをするはずが、実力行使に出ているではないか。智子は手元に目を落としたまま、チキンライスを仕上げてゆく。

「おはようございます。あれこれ言うより、食べてもらったほうが早いと思って」

強引な女だ。けれどもフライパンを揺する手つきひとつ取ってもたしかな修業の跡が窺えて、胃袋が期待の声を上げてしまう。

タイル張りの厨房の床は水を流した後なのか濡れており、パンプスでは歩きづらい。それでもカウンターを挟んでのやりとりはまだるっこしく、美由起は意を決して中に踏み込んだ。

「具はあえて、現状のレシピのままにしてみました」

ということは、鶏《とり》胸肉、タマネギのみじん切り、マッシュルームだ。仕上がったチキンライスを二枚の皿に盛り、智子は卵に手を伸ばす。

卵は一人につき二つ。泡立て器でしっかりと混ぜ、笊《ざる》で濾《こ》してカラザを取り除く。そのひと手間に目を瞠り、文句を言っていた中園もひとまずは口を閉じた。

バターはたっぷり。フライパンに卵液を流し入れるとたちまちじゅわっと音を立てて膨らむ。智子の右手には菜箸が握られているものの、左手でフライパンを揺するだけで中身が流動し、かき混ぜられたようになってゆく。表面がつやつや、ぷるぷるの半熟状態になったら、なんの苦もなくつるりと移動し、卵がライス全体を覆い隠した。

その上から、小鍋で温めていたデミグラスソースをかける。市販品らしからぬ、深い黒褐色をしている。

「ソースは自宅で作ってきました」

ほどよく煮詰められたソースの芳醇《ほうじゅん》な香りに、じゅるりと唾が湧いてくる。試食用として小さめに作ったようだが、正規のサイズで食べたいくらいだ。

「どうぞ、大食堂の新オムライスです」

「いや、『新』じゃねぇし！」

悪態をつきつつも、中園が真っ先に皿をひったくる。悔し紛れに大口を開けてオムライスを頬張り、そのまま眉を寄せて黙ってしまった。

「美味しい！」

代わりに声を上げたのは、美由起である。半熟の卵とやや苦みのあるデミグラスソースが絶妙に絡み、舌の上でとろけてゆく。従来のレシピ通りだというライスは口に入れるとほろほろとほぐれ、かといってパサついているわけでもない。

銀座《ぎんざ》あたりの、老舗洋食店で出てきてもおかしくはない味だ。少なくとも、昔ながらの百貨店の大食堂で食べられるクオリティではない。

「でしょう」

微笑む智子は満足げだ。はじめてこの人の、皮肉っぽくない笑顔を見た気がする。

「待て待て、なんだよ自家製デミグラスって！」

図らずも沈黙で感想を伝えてしまった中園が、我に返って噛《か》みついた。

「うちのオムライスは六百八十円。完全に足が出るだろう！」

「そのぶんはもちろん、価格に反映させます」

「は、値上げするってこと？　いくら」

「千二百円くらいが妥当かと」

「高《たけ》ぇよ！」

マルヨシ百貨店の大食堂は、ボリュームたっぷりでお手頃価格。そのコンセプトでずっとやってきた。そこまでの値上げはさすがに、常連客の足が遠のく理由になる。

「でもそのぶん、美味しいものが食べられるんだから」

「いやいや、高くて旨《うま》いものが食べたい客は、大食堂には来ねぇの。ここはチープな旨さを求める奴らが来るところなの！」

「だけど私は、若社長に――」

「そんなに好き勝手やりてぇんなら、自分で身銭切って店出せや！」

中園に凄まれて、智子がはじめて言葉に詰まった。そこにえぐられたくない傷でもあったのか、唇を噛み、眉を寄せる。ほんの一瞬の表情だったが、中園を狼狽《うろた》えさせるには充分だった。

「えっと。マネージャー、なんか言って！」

苦しいときの、マネージャー頼み。中園こそ、今にも泣きだしそうな顔になっている。

美由起はすっかり空になった皿にスプーンを置き、口元を指で拭った。

「ごちそうさまです。本当に美味しかった」

「いや、完食してるじゃないっすか！」

智子の経歴は、伊達《だて》ではない。料理の腕はたしかだと、このひと皿でよく分かった。それでもひと晩考えて、自分なりに軸を定めてきたのだ。なにを食べさせられても、ぶれるつもりはない。

「ですがお値段据え置き、ラッピングタイプのケチャップソース。うちのオムライスは、それでいきます」

もしも智子が本当に若社長から食堂の全権を預けられているのなら、刃向かわないのが利口なのかもしれない。食堂部門で再出発どころか、今度こそ降格処分になることもあり得る。

それでもこのひと月、美由起なりに大食堂のことを考えてきたのだ。黙って引き下がるわけにはいかない。大食堂の存続が危ぶまれているなら、なおのことだ。

「うちの売りはあくまでも、『昭和レトロ』ですから」

「あなたまだ、そんなことを」

自信満々に宣言した美由起に、智子が軽蔑の眼差しを向けてくる。いいかげんにしてちょうだいとその目が物語っている。

「分かります。前場さんは『古臭い』のが嫌なんでしょ。ですからここに、『昭和レトロ』の定義を打ち立てます。一つ、昭和らしいもの」

美由起はそう言って、右手の人差し指を立てた。

「二つ、ノスタルジーを感じるもの」

続いて中指。

「三つ目」最後に薬指を立て、問答無用に言い放つ。

「可愛らしいもの！」

三本指を突きつけられて、智子と中園が揃って腑抜けた顔になる。気持ちは分かるが、美由起は正気だ。

「可愛い？」と呟いてから、智子が額を押さえて首を振る。

「言っていることが、分からないわ」

「私ではなく、小五の娘の意見です。ラッピングタイプのオムライスは『可愛い』そうです」

「ああ、うん。俺、なんか分かるかも」

驚いたことに、小五女子の感性に寄り添ってきたのは中園だった。

「たしかに可愛いすよね。お腹のところがぽこんとして、そこにちょうど毛布を掛けるみたいに赤いケチャップが載っかってて。絵心なくても黄色と赤のマジックさえあれば描けちゃう感じ、最高に可愛いっす」

しかも適当に話を合わせている様子ではない。奥二重の鋭い目で、真剣にオムライスの魅力を語っている。

中園ほどオムライスの「可愛さ」を理解できている気がしないが、美由起は「そうなのよ！」と尻馬に乗った。

「しかもラッピングオムライスって、素人が作ってもそんなに可愛くならないの」

「そうっすね。ころんとした形が作れない」

「だから家庭でも、カバータイプが主流になってるんだって」

「へぇ、時代だなぁ」

茶番はこのくらいで充分だ。美由起は表情をあらためて、智子に向き直る。

「ですから前場さん、ケチャップソースの、最高に美味しいラッピングオムライスを作ってくれませんか？」

智子の料理人としての腕と、できるかぎり美味しいものを提供したいという熱意は買う。あとはこちらのコンセプトにうまくはまりさえすれば、反目せずにやっていけるのではないだろうか。そんな期待を込めて、返事を待った。

「どうして、私が」

「まさか、作れないわけじゃないでしょう？」

「いや、無理なんじゃないすか。ラッピングのほうが技術がいりますもん」

中園にまで煽《あお》られて、智子は首まで赤くなった。折り返している厨房服の袖をさらにまくり上げ、卵を二つ片手に摑む。

「いい？　今のうちに『すみませんでした』と謝る準備をしておきなさい！」

なんだか格好いい。智子はもう、プロの眼差しで卵をかき混ぜはじめている。

込み上げてくる笑いを嚙み殺しながら、美由起はこの人のこと、そんなに嫌いじゃないかもしれないと思い直していた。

五

プロの料理人というのは、作る姿も鑑賞に値する。

たとえば舞いの名手のように、無駄な動作が一切ない。菜箸も使わずフライパンの上で卵がかき混ぜられてゆく様をもう一度目の当たりにして、美由起は感嘆のため息をつく。

ここまでの手順は、さっきと同じだ。さて問題は、この後である。

智子はまだ半熟すぎるのではないかと思われる段階でフライパンを揺するのをやめ、残っていたチキンライスを卵の向こう側半分に載せた。

あとは神業だ。フライパンの底を五徳に軽く打ちつけてから、握った拳で柄をトントンと叩いて卵を巻いてゆく。まるでオムライスがひとりでに躍って形をなしてゆくみたいだ。思わず「おおお！」と称賛の声が洩れる。

「お皿！」

「あ、はい！」

短く指示が飛び、慌てて皿を差し出した。フライパンからオムライスが飛び出し、その上にポンと載る。

「うわぁ！」

なんて綺麗《きれい》なオムライス。大食堂のショーケースに貼りついてメニューを選んでいた、子供時代のときめきが蘇《よみがえ》る。

智子はあっという間にもう一つを作り上げると、「このくらいはいいでしょう」と言ってフライパンに赤ワインを注いだ。それを火にかけてアルコールを飛ばし、ケチャップを入れて延ばしてゆく。

従来よりも赤みの深いソースがぱつんと張ったオムライスのお腹にかけられて、ますます食欲をそそる色味になった。

「どう。特別なものは使っていないわよ」

見ていたから知っている。まるで魔法のようだった。

中園もまた、焼きムラのないきめ細かな卵の表面に見入っている。レシピの変更は、ソースに入った赤ワインくらいのもの。それなのに、いつものオムライスとは見た目から違っていた。

「いただきます」

スプーンを入れるのももったいないが、食べてみないとはじまらない。覚悟を決めてひと口分を崩し、頬張ってから美由起は目を見開いた。

「んー！」

もはや言葉にならない。

個人的な好みとしては、カバータイプに軍配が上がると思っていた。でももしかしたら、本当に美味しいラッピングオムライスを食べたことがなかっただけなのかもしれない。

「美味しい！　こちらのほうがケチャップライスに半熟の卵がとろとろ絡んで、一体感がありますね」

カバータイプの場合、ライスと接するのはフライパンで焼かれた面だ。その点ラッピングだと、半熟の側でライスを包む。半熟卵と米の親和性の高さは、もはや言うまでもない。オムライスが米料理であることを考えると、こちらのほうが正しい形のように思えてくる。

「これのどこに古臭さがあるっていうんですか。レトロな見た目を残しつつ、現代人の舌も唸《うな》らせる。最高のオムライスですよ！」

なによりお値段も据え置きにできる。美由起はすっかり興奮し、二つ目にもかかわらずぺろりと平らげてしまった。

「そうまで言ってもらえると、料理人冥利につきるわね」

智子もまた、美由起の惜しみない賛辞に気をよくしている。ならばもうひと押しだ。

「これをオムライスリニューアル！　と謳《うた》って売り出しましょう。同じラッピングタイプでもこんなに違うなら、お客様にとっても新鮮な驚きがあるはずです」

もしかして、智子にならできるんじゃないだろうか。輝きを忘れたこの大食堂に、魔法をかけ直すことが。ただの懐古趣味に終わらない、幅広い世代から愛される店にしていけば、きっと売り上げもついてくる。

「そうかもね。べつに私も、カバータイプに特別な思い入れがあるわけではないし」

よし、言質は取った。この大食堂を、どこのデパートにでもあるテナントになど渡すものか。仕事にやり甲斐を覚えるのは久し振りだ。この、指の先にまでどくどくと血が通っている感覚。視界までがクリアで、多少無理をしても疲れる気がしない。そうだ自分は元々、百貨店の仕事が好きだったのだ。

考えていたことが予想以上にうまくいって、美由起は舞い上がっていたのだろう。皿の上にスプーンが放り出されるカランという音に、はっと現実に引き戻された。

空になった皿を手に、中園が神妙な面持ちで立ちつくしている。

しまった、はしゃぎすぎた。中園にだって、料理人としてのプライドがあるはずなのに。長年にわたり大食堂を支え続けてくれた相手に対して、あんまりな仕打ちである。

かといって、「ごめん」と謝るのもおかしなことになりそうだ。美由起は気まずさを押し隠しつつ、中園の言葉を待った。

「めちゃくちゃ、旨かった」

悔しさの滲んだ声だった。それでも中園は、負けを認めた。

「これに比べりゃ俺のオムライスなんて、卵に火が通りすぎてて米と全然馴染んでねぇ。同じ材料でこんなもん作られたら、これからどうすりゃいいんすか」

いつもはよくも悪くも騒がしいのに、驚くほど覇気がない。料理人としてのプライドどころか、心までへし折られている。

「中学んとき鬼怖《おにこえ》ぇ先輩にシメられて、まぶた縫い合わされそうになったとき以来の絶望っす」

物騒な過去の記憶まで垂れ流しにして、中園はゆっくりとした動作で皿をシンクに置いた。まるで引退をする歌手が、マイクをステージにそっと置くかのように。

「は、アンタなに言ってんのよ」

傷心の中園にも、智子は容赦がない。鼻先でハッと笑い、手近にあった木べらを突きつけた。

「これからどうすりゃって、決まってるでしょ。一刻も早く、さっきのオムライスを作れるようになりなさいよ」

もっと、こてんぱんに言い負かすつもりなのかと思った。中園も、目と口をまん丸にして智子を見つめ返している。

「なによ、その顔。アンタ副料理長でしょう。私以外に誰も作れないんじゃ困るじゃないの」

「あれを俺も、作れるようになるんすか」

「あたりまえでしょう。作れるまで朝晩特訓するから」

「――姐《あね》さん」

「やめて。気持ち悪い呼びかたしないで」

美由起は強張《こわば》っていた肩をほっと緩めた。最悪の場合、へそを曲げた中園が食堂を辞めると言いだすのではと危ぶんでいた。

悔しくてたまらないのに負けを認めることができるのは、これから伸びてゆく人間の大事な資質だ。中園ならば、智子の技術を自分のものにしようと、必死に食らいついてゆくに違いなかった。


「おはようございまーす。あれっ、どうしたんですか。三人とも早いですね」

和食部門のスタッフが、厨房服の前を留めながら出勤してきた。もうワンサイズ大きいのを支給してやらないと、腹回りがきつそうだ。

時計を見れば、早くも営業一時間前になっている。早出スタッフが続々と、「おはようございます」と集まってきた。

「えっ、オムライス？　試食会やってたんですか。なんだぁ、俺にも声かけてくださいよぉ」

「リニューアルですか。どんなふうに？」

「いつからですか？」

一時はどうなることかと思ったが、新体制でもやっていける自信が湧いてきた。メニューのてこ入れは、厨房スタッフの技術力向上にも繋がる。

「そうね。ひとまずリニューアル開始日を決めて、その日に向けて洋食部門を鍛えていきましょうか」

智子が美由起に、今後の流れについて伺いを立ててくる。勝手に話を進めていた昨日までとは打って変わって、少しは認めてくれたのだろうか。

「ええ、告知はこちらで進めていきます。キャンペーン用の予算が下りるかもしれませんので、申請しておきますね」

一気に慌ただしくなった厨房に、いつまでも立っていては邪魔になる。美由起はホールに出て、スマホに今後のタスクを打ち込んでゆく。

「リニューアルまでの猶予は、ひと月ほどあれば足りますか？」

「いいえ。全員の足並みが揃うのを待たなくても、副料理長さえマスターしてくれればオーダーは回せるでしょう。その半分で」

「かしこまりました」

カウンター越しに中園が「えっ、半月？」と声を裏返らせるのが聞こえてきたが、黙殺する。根性だけは見上げたものだから、意地でも間に合わせてくるだろう。

「今調べてみたら、毎月五日をたまごの日と定めている養鶏所がありますね」

「へえ、どうして？」

「〇五で、タマ・ゴらしいです」

「いいわね。じゃあリニューアルは六月五日で」

「無理矢理じゃないすか！」

その日までに、美由起サイドも急ピッチで仕事を進めなければ。忙しくなるが、この三人が息を合わせれば、もっと面白いことができる気がしてきた。

「それが落ち着いたら、次のてこ入れはハンバーグかしら。今って既製のデミグラスソースなのよね？」

「いやアンタ、まだ言ってんのかよ。自家製は無理なんだよ！」

ただし、息はめったに合わないものとする。

懐かしプリンと
虹色クリームソーダ

一

一、二、三、四――。
千円札を数え、十枚ずつ束にしてゆく。ハンドクリーム代わりに持ち歩いているワセリンを指先につけないと、紙幣がうまく捌《さば》けなくなってしまった。アラフォーの悲しさよと胸の内で嘆きつつ、瀬戸美由起は札の枚数を専用のソフトに打ち込んでゆく。

午後五時過ぎ。冬なら窓の外はすでに薄暗くなっているだろうに、初夏の陽《ひ》はまだ暮れない。西日に射られた町並みが、飴色《あめいろ》に輝いて見える。小銭の中に紛れたピカピカの十円玉と、反射する光の色がよく似ている。

客足の鈍るこの時間帯に、二台ある券売機のうちの片方を締めてしまう。六時半のラストオーダーを待ってから二台とも締めるよりは、そのほうが格段に効率がいい。死角を作るため厨房にほど近い座席をパーテーションで仕切り、手早く済ませることにしている。

「違う。フライパンを手の延長と思って優しく。手首を柔らかく使うの」

「分かってますよ。ほら、できてんでしょ」

「全然ダメ。モタモタしているうちに卵が固まったわよ」

「このくらいなら許容範囲じゃねぇの？」

「それを決めるのは、料理長の私。こんなもの、まったくお話にならない」

「いやもう、言いかたがひでぇ！」

オーダーがある程度落ち着いた厨房では、今日も料理長の智子と副料理長の中園がやり合っている。オムライスのリニューアル日である六月五日まで、あと十日。営業前や後だけでなく、少しでも手が空けば中園は卵を包む練習をしている。お蔭でスタッフのまかない飯は、このところほぼオムライスだ。

「時間がないの。私が作ったものとほぼ同じクオリティまで引き上げなきゃいけないんだから」

「待て待て。リニューアルまで半月って決めたの、アンタだからな」

「まさか、ここまでできないとは思わなかったの」

「っかー！」

喉に絡んだような声を出し、中園がオムライスの皿片手に厨房から出てきた。つかつかとこちらに歩み寄り、テーブルに売上金とパソコンを広げている美由起の斜め前の椅子を引く。

「昼飯まだなんで、ここで食っちゃっていいすか」

「いいけど、もう少し声を落としてくれる？」

パーテーションで仕切られているとはいえ、声は筒抜けだ。キャパシティの大きい大食堂の片隅で多少騒がしくしていても迷惑というほどではないが、従業員がそれをしては見苦しい。

「すみません。あの人にも注意してもらえます？　声がでかいんすよ」

後に続いてホールに出てきた智子に向かって、中園は顎をしゃくって見せる。意地でもまだ、料理長とは呼びたくないらしい。

「あなたが私を苛《いら》つかせなければ、ハチドリの羽ばたきより静かに喋《しゃべ》れるわよ」

「はぁ、そうっすか。目つきはまんま、猛禽類《もうきんるい》ですけどね」

お互いに、口が減らない。ここまでくるともはや、仲がいいのではないかと思えてくる。

智子が「はん」と鼻を鳴らして腕を組み、中園は目を逸《そ》らしてオムライスを食べはじめる。間に挟まれた美由起は気まずいばかりだ。しかし智子は仁王立ちしたまま、厨房に戻ろうとはしない。

「あの、なにか？」と、おそるおそる顔を上げて尋ねてみた。

「ハンバーグについて、ものは相談なんだけど」

問われるのを待ちかねていたようだ。またかと美由起は控えめにため息をついた。

「コスト的に、自家製のデミグラスソースは無理ですよ」

智子の「てこ入れ」は、オムライスに留《と》まらない。洋食メニューのすべてを銀座あたりの老舗洋食店レベルに引き上げたいらしく、毎日のように改善点を挙げてくる。

提供する料理が美味しくなるのは、なによりだ。でもここはオムライスひと皿に二千円の値がつけられる店ではないということを、智子はいまいち理解していない。

百貨店の大食堂にはそれなりの適正価格というものがある。そこを度外視した提案ばかりしてくるものだから、早くも食傷気味だった。

「それはもう分かったわよ。ならばいっそ、デミを諦めてもいいかと思ったの。たとえばオニオンバター醤油なんてどう？　中途半端なデミを出すくらいなら、そのほうが潔いわ」

美由起は計算を終えた現金を集金バッグに入れながら、今度は安堵《あんど》の息をつく。よかった。これでもう、デミグラスソースという単語に頭を悩まされずに済む。できることならオムライスで却下された際に、自家製デミは無理と認識しておいてほしかった。

「そうですね。検討しましょう」

大っぴらに喜んでへそを曲げられても困るので、美由起はポーカーフェイスを保つ。中園にもそれとなく目配せをしてみるが、伝わっているのだろうか。

頼むから余計なことは言わないでほしい。その願いが通じたのか、中園がなにか言いだす前にパーテーションが向こう側からノックされた。

「マネージャー、お客さんです」

ひょっこりと顔を覗かせたのは、ベテランパートの山田《やまだ》さんだ。ラーメンのどんぶりを一度に五つまで運べる、凄腕ホールである。すでに還暦近いはずだが、日々のオーダーに鍛えられた力こぶはちょっと女性離れしている。

なんともいいタイミング。大仏のような堂々たる顔《かんばせ》が頼もしく、思わず手を合わせて拝みたくなる。

「ありがとう。どなたですか?」

「一階の、受付の――」

そう言いながら、山田さんが体をずらす。彼女の横幅ですっかり隠れていた若い女性が、一歩前に出て会釈をした。

隙のない内巻きボブ。水色のジャケットと黒のボックススカートの制服はそのままに、首元のスカーフと帽子、それから名札は外してある。

「お忙しいところ、すみません」

まさに小鳥の囀りのような声で、突然の訪問を詫《わ》びてくる。中園が、椅子を蹴倒しそうな勢いで立ち上がった。

「し、白鷺さん！」

男性のそんな反応には慣れっこなのか、直立不動になってしまった中園に戸惑いもせず、受付嬢の白鷺カンナはにっこりと微笑んだ。


お客様からの質問を受けつけることの多い受付嬢には、週に一度、「見学」の時間が設けられている。疑問に思ったことや不明点があれば、各売り場の担当者から直接聞き取りをする。忙しくてもこれを拒む権限は、売り場にはない。

ゆえにこの半強制的な「見学」の時間は、現場のチーフやマネージャーから嫌われていた。強制力を発揮するのが若い女ということもあり、不満は受付嬢への反感となって膨らんでゆく。白鷺カンナは特に「男に媚《こ》びすぎ」と、同性からの評判が悪かった。

「オムライスのリニューアルについて、変更点を伺いたくて」

ただの営業スマイルなのに、甘く匂い立つような微笑に中園がさっそく騙《だま》された。のぼせたような顔で、隣にあった椅子を引く。

「あ、あのっ。どうぞこちらに、お座りくださせぇっす！」

緊張のあまり、日本語まで崩壊しかけている。

「いえ、このままで結構です」

意外にも、カンナは勧められた椅子をやんわりと断った。両手を体の前に組み、従業員相手にも接客のような態度を崩さない。このそつのなさが、「可愛げがない」という逆の評価を生んでもいる。頭の回転が速く、英語もそこそこ堪能《たんのう》だというから、なおさらだ。

「こちらが、リニューアル後のオムライスですか?」

カンナが食べかけのオムライスに視線を落とす。中園が答えるより先に、智子がきっぱりと否定した。

「いいえ。この男の失敗作です」

意中の人にいい格好ができなくて、悔しいのはよく分かる。だが智子を睨《にら》みつける視線はヤンキー時代に培われた「メンチ」そのもので、それをカンナの前で披露してしまうあたり、中園はうかつな男である。

「そうなんですか。前のオムライスより、ふっくらとして美味しそうですが」

幸いにもカンナの目は智子に向けられており、中園の「メンチ」には気づかなかったようだ。対照的にくりっとした二重の瞳を、ぱちぱちと瞬いている。

「前からうちの食堂をご利用しておくれでやしたんすか?」

中園の表情が一転して笑顔になった。カンナの前で笑っては可哀想だと、美由起は口元を押さえる。智子が「出身どこよ」と、小声で呟いた。

「ええ、何度か。地元ですから」

よく笑いださずにいられるものだ。カンナは微笑みをわずかに引きつらせただけで、にこやかに応じている。

同性からの評判は悪くても、男ウケでたいていのことは乗り切ってこれたのだろう。げんに中園は、カンナのスマイルを浴びすぎてすっかり骨抜きにされている。

「あの、失敗作といってもこれは惜しいところまでいってるんす。お卵の内側がもうちょい半熟なら役満ってぇか。あとちょっとでツモれますから！」

「はぁ」

舞い上がりすぎて、もはやなにを言っているか分からない。見かねた智子が後を引き取り、新しいオムライスの特徴を説明しはじめた。カンナはペンを片手に、質問を交えながらメモを取ってゆく。

この子が受付に立つようになってから、化粧品売り場が主な面積を占める一階に男性客の姿が増えたという。接客も丁寧と評判で、そりゃあ若社長のお気に入りにもなるだろう。ベンツの助手席に座っていたカンナの横顔を思い出すと、胸にもやもやとしたものが湧いてきた。

『は？　なんでこっちがお金払わなきゃいけないんですか。慰謝料って、男が払うものじゃないんですか』

元夫の浮気相手だった女子大生との、不毛なやり取りが頭に浮かぶ。

直接会ったわけではない。夫のスマホを取り上げて、メッセージを何度か送り合っただけだ。二人の関係がすでに妻である美由起にばれていること、その気になれば慰謝料の請求もできることを伝えると、信じがたい返事がきた。

開き直っているわけでも、すっとぼけているわけでもない。慰謝料というのは男性だけに科されるものと、本気で思い込んでいた。

『こっちだって被害者です。若い時間を無駄にさせられたんですから！』

既婚者と知りながらつき合っていたくせに、堂々とそう言ってのけた。可愛らしい二十歳の女の子だ。これまでもそうやって弱者のふりをして嘆いていれば、誰かが助けてくれたのだろう。

仕事と子育てで疲弊する妻を横目に、こんな子と恋愛ごっこを楽しんでいたのか。そう思うと、元夫とやり直そうという気持ちにはもう戻れなかった。

同じく二十歳のカンナも、大人の男との恋愛を無自覚に楽しんでいるだけなのだ。その行為が誰かを悲しませているかもしれないなんて、想像もつかない。

休日に会えなかったり、電話をかけられなかったりすると、苦しいのは自分ばかりと思い込む。そんな独りよがりに浸っていないで、いつか本当に痛い目を見ればいいのに。

「そんな感じでいいわよね、マネージャー」

智子から話を振られ、我に返った。お客様への説明文をカンナが組み立て、これで合っていますかと確認してきたところだった。

「ええ、大丈夫」

話の内容はうつろにしか聞いていなかったが、料理長の智子がいいと言うなら平気だろう。美由起が請け合うと、カンナは丁寧に腰を折った。

「お時間をちょうだいしました。ありがとうございます」

指先にまで神経が行き届いた、綺麗な所作だ。去ってゆく後ろ姿を、中園が魂を抜かれたような顔で見送っている。

「はぁ。可愛いなぁ、白鷺さん」

「いや、あれはアンタじゃ手に負えないでしょう」

智子のもっともな意見も聞き流し、中園は夢うつつのまま鼻をひくひくとうごめかせた。

「ああ、まだ残り香があるような。なんかすげぇ、いいにおいがしたっす!」

「におい?」

聞きとがめて、美由起は眉間に皺を寄せた。

日本人は他者のにおいに敏感だ。香水が苦手な人も多く、幅広い年齢層を相手にする百貨店の従業員は、美容部員でもないかぎり香りを纏《まと》わない。美由起が無香料のワセリンをハンドクリーム代わりにしているのも、そういった配慮によるものだ。

「たしかにしたわね。ハーブと柑橘《かんきつ》を混ぜたような。香水ほど強くはなかったから、ボディクリームかもね」

智子も気づいていたらしい。ボディクリームなど、塗りたてでもなければそうそう香るものではないだろうに。

「鼻がいいんですね」

味覚と嗅覚は密接に繋がっている。そういう点も、料理人としての資質なのだろう。

「へ、柑橘? すごいっすね。俺はなんとなく、美人っぽいにおいだなって思っただけっす」

「人がランチになにを食べたかピタリと言い当てて、気味悪がられたことがあるわ。犬なみの嗅覚だって」

「それなら自分も、西高の狂犬って呼ばれてたっす!」

中園のそれはあきらかに意味が違ったが、あえて触れず、美由起は本来の業務に戻ろうと集金バッグを手に立ち上がった。

二

「だから違う。ライスを入れるタイミングが遅い！」

「んなこたぁねぇだろ。充分半熟だろ！」

「卵料理は一秒一秒が勝負なの。あ、ほら。焦るから形が崩れた」

「アンタが横からやいのやいの言うからだ！」

翌日もまた、夕刻の厨房では料理長と副料理長のバトルが繰り広げられていた。

オムライスひとつ作るのに、なぜこうも険悪になってしまうのか。片方の券売機を締め終えた美由起は、「うるさいですよ」とカウンター越しに注意を与える。

中園はシフトが休みの日でも、自宅でせっせとオムライスを作っているそうだ。実のところ、智子のクオリティにはかなり近づいている。あともう一歩だ。ただ、ある程度のレベルまで行くと、その一歩の差を縮めるのが難しくなってくる。

プロの料理人として、智子には身に沁《し》みて分かっていることだろう。だからこそ、まだ九日あると楽観視できずにいる。隣にいるとつい口を出してしまうからと、首を振りながら洋食部門のシマから離れた。

そのとたん他の部門のスタッフの背中が、目をつけられるまいと強張るのが見て取れた。誰も彼も、中園のようにしごかれるのはごめんだと思っているのだ。

「デザートオーダーでーす。プリンいち、クリームソーダいち、お願いしまーす」

緊張の走る厨房に、ホールの山田さんの高い声が響き渡る。

「プリン?」

智子がさっそくデザート部門に顔を向けた。これはもう、間が悪かったとしか言いようがない。

「そう、それも気になっていたのよ」

つかつかと、智子は大股にデザート部門のシマへと近づいてゆく。チーフは気弱な四十代女性だ。その名も臼井《うすい》さん。仕事ぶりは誠実だが、存在感はやや薄い。

これはフォローが必要になるかもしれない。厨房をぐるりと囲うカウンター沿いに移動して、美由起もデザート部門に合流した。

腰に手を当てて立つ智子は、大柄なぶん威圧的だ。相対する臼井さんは、気の毒なほど身を縮めている。

「ここのプリンって、手作りなのよね」

「はい。毎日このオーブンで作っています」

声まで小さい。臼井さんはまるでそれが心の支えであるかのように、使い込まれた業務用オーブンに寄りかかる。ちょうどその中で、プリンが蒸し焼きにされているところだった。

「どういうレシピで作っているのか知らないけれど、このプリン、表面に『す』が入りすぎていない?」

智子に摑まってしまった臼井さんに代わり、もう一人のアルバイトスタッフが冷蔵庫から銀色のプリン型を取り出してきた。周りにナイフを入れてから、白い皿にひっくり返す。

揺すりながらそっと型を外してやると、カスタード色のプリンが震えながら姿を現し、一瞬遅れて緩めのカラメルソースがとろりとその全体を覆う。その上に缶詰のチェリーをあしらえば、大食堂のプリンの完成である。

臼井さんがプリンをそっと、横目に窺う。毎日何十個と作っているはずなのに、妙に自信がなさそうだ。

「『す』、ですか」

「『す』?」

美由起は聞き慣れない言葉に首を傾げる。智子から、冷たい視線を注がれた。

「あなた、あまり料理をしないんでしょう」

失礼な。娘がいるのだから、料理なら毎日している。あまり得意ではないだけだ。

「ええっと、こういうプツプツとした穴のことです。卵や豆腐を使った蒸し物で、火加減が強すぎたりするとできます」

臼井さんがプリンを手のひらで指し示す。表面に、細かい泡のような無数の穴が開いている。

「ああ、茶碗蒸《ちゃわんむ》しを作るときにできるやつ」

美月がまだ小さかったころに、一度だけ挑戦してみたことがある。このプリンの比ではないくらい内側までスカスカに穴が開き、スポンジのような食感になってしまった。

智子が「本当に料理ができないのね」と目だけで語りかけてくる。自分が人並み以上にできるからって、誰にでもできると思ったら大間違いだ。美由起だって、できることなら滑らかな食感の茶碗蒸しが食べたかった。

「昔ながらの硬めプリンというのは、いいと思うの。以前はトロトロのプリンが人気だったけど、近ごろは硬めが盛り返しているしね。でもこの『す』の多さはどうにかならない？　なんだか素人臭くって」

「技術的には、可能だと思いますが――」

臼井さんは、すっかり腰が引けている。長年作り続けてきたプリンを「素人臭い」とまで言われても、反論もなく口を窄《すぼ》めた。

『す』はたしかに食感の邪魔をする。だが臼井さんはパティシエ経験もある実力者だ。なんの理由もなく、そんなプリンを作っていたとは思えない。

「あの――」

美由起は臼井さんを擁護しなければと口を開く。その前に、声の大きい智子に阻止された。

「そもそも単品のプリンって、地味じゃない？　メニューにはプリンパフェもあるじゃない。単品は、そんなに出るの？」

「ええっと、どうかな。どうだろう」

日頃の売れ行きは把握しているはずなのに、強い口調で迫られると相手が正しいように思えてしまう。そんな臼井さんが、いずれ高い壺《つぼ》でも買わされるんじゃないかと心配になってくる。

「ねぇ、できてるならさっさと持って行きたいんだけど」

ホールの山田さんの、遠慮のなさを分けてあげてほしい。あれこれと話をしているうちに、カウンターの上にはプリンと緑色のクリームソーダが並んでいた。

「ああ、すみません。お願いします」

智子の代わりに美由起が詫び、注文の品を山田さんのトレイに置く。半券に書き込まれたテーブル番号が違うから、別々のオーダーだ。

「プリンのことならさ、いっそめりめろさんに聞いたほうが早いんじゃない？」

「めりめろさん？」

鸚鵡返《おうむがえ》しに尋ねると、山田さんはそんなことも知らないのかと言いたげに顎を反らせた。

「いろんな店のプリンを食べ歩いている、プリンマニアよ。インスタに各店舗の評価をアップしていて、うちのプリンは五段階評価で星四・二！」

それはなかなかの高評価だ。還暦近い山田さんがインスタグラムをやっていることにも驚きだが、それはひとまず置いておこう。

「ちなみにこのプリンは、めりめろさんからのオーダーね」

山田さんによれば、めりめろさんはまだ若いが、子供のころから大食堂に通う常連だという。SNSに写真を上げる際にもちゃんと許可を求めてくるらしく、筋をわきまえた人のようだ。

そんな自他ともに認めるプリンマニアが、智子が「素人臭い」と言ってのけたプリンを評価していることになる。

「なるほど。それは興味深いわね」

智子はにやりと笑い、山田さんのトレイからプリンの皿を取り上げた。

「詳しく話を聞いてみましょう」

そう言って、美由起に新しいトレイを押しつける。厨房服で給仕をするわけにはいかないから、代わりに行ってこいというわけだ。

しかたない、怯《おび》えて小さくなってしまった臼井さんを救うためだ。それに美由起も、プリンマニアの話には興味があった。

半券に書き込まれた座席番号は、「27」。窓際の四人席に、若い女が一人で座っている。

冴《さ》えないボーダーの長袖Tシャツに、ジーンズ。化粧っ気はなく、黒縁眼鏡が顔の上半分を覆っている。顎先で切りそろえられた髪は、毛先が好き勝手な方向を向いていた。

自分の身なりには、あまり気を遣わないタイプのマニア。そう判断し、美由起は覚悟を固める。この手のマニアは恐ろしく寡黙か、好きなものについてなら息継ぎをする間も惜しんで喋り続けるかのどちらかだ。

「お待たせいたしました。プリンでございます」

美由起は軽く膝を曲げ、テーブルにプリンの皿とデザート用のスプーンを置いた。手にしていたスマホから顔を上げ、めりめろさんがぎょっと身を引く。

一般のホールスタッフの制服とは違うスーツ姿の女が、背後に体格のいい厨房服の女を従えて立っているのだ。なにごとかと身構えて当然である。けっきょく好奇心を抑えきれずに、ついてきてしまった智子がいけない。

「すみません、驚かせてしまって。ちょっとお話を伺いたいんですが、めりめろさんですよね?」

尋ねても女は「はい」とも「いいえ」とも答えずに、さっと視線を逸らしてしまう。寡黙なタイプだったかと、早くも心が挫《くじ》けそうになった。

「ええっと」

拒絶のオーラが出ている相手から、どうやって話を引き出せばいいのか。しばし逡巡《しゅんじゅん》していると、智子が美由起を押しのけて前に出た。

「ねぇ、ちょっと聞かせてくれない。ズバリ、うちのプリンのどこが好きなの?」

この人には、気兼ねというものが備わっていないのだろうか。誰のテリトリーにも、同じような強引さで割り込んでゆく。

めりめろさんはいっそう頑《かたく》なになって、石のように動かない。アプローチの仕方を間違えてしまったようだ。

「あの、お寛《くつろ》ぎのところ申し訳ありませんでした」

ここはいったん出直すべきと、智子の厨房服の裾を引く。だが智子は動かないばかりかテーブルに手をついて、体を前に乗り出させた。

「あれ? あなた」

相手の迷惑も顧みず、鼻先を近づける。めりめろさんはますます背中を丸くする。

見かねて智子の肩に手をかけると、「やっぱりそうだ」とこちらに向き直った。

「この子、あれよ。昨日の、受付の子」

「は?」

まさか、そんなはずがない。そこにいるだけでその場がぱっと華やぐ白鷺カンナとは対照的に、めりめろさんは失礼ながら、風景の一部と化している。ただ服装を地味にしただけで、ここまで輝きを隠せるものだろうか。

「だって、ボディクリームのにおいが同じだもの」

「いやいや、そんなものは偶然の一致――」

頭では同一人物のはずがないと否定しているのに、智子がやけに自信満々なものだから、めりめろさんを横目に窺ってしまう。決して顔を上げようとはしないめりめろさんの、肩が小刻みに震えている。

「嘘でしょ、まさか」

別人ならば、違いますと言えば済む話だ。この場合の無言は、もはや肯定である。

「眼鏡を取ってみればいいんじゃない？」

行動が突飛すぎて、止める暇もなかった。智子はためらいなく手を伸ばし、めりめろさんの眼鏡を奪う。

「あっ！」

ついにめりめろさんが顔を上げた。一重の厚ぼったい瞼《まぶた》に、小さな瞳。白鷺カンナとは、似ても似つかぬ容貌だ。

「――誰？」

智子が呑気《のんき》に首を傾げた。

やってしまった。このSNS時代、店員の悪行はすぐさまネット上にさらされ、日本中から集中砲火を食らうことになる。下手をすればワイドショーにも取り上げられて、上層部が頭を下げる事態になりかねない。

「すすす、すみません！」

相手の気が済むまで、謝り倒さねば。美由起はとっさに腰を深く折る。

「ちょっと、返してよ！」

めりめろさんは、怒りに耳まで真っ赤にしている。智子の持つ眼鏡に手を伸ばし、はじめてまともに言葉を発した。その声には、聞き覚えがある。

小鳥の囀りのような、甘い声。

「やっぱり、白鷺さん？」

美由起は腰を折ったまま顔を上げ、椅子に座るめりめろさんを正面からまじまじと見つめていた。

三

「ああ、もう。最っ悪」

パーテーションで区切られた座席に連行されてきためりめろさん、もとい白鷺カンナが、仏頂面でプリンを食べている。

チェリーの実を口に咥え、ブチィッと音を立てて軸をちぎり取った。昨日の隙のない笑顔が嘘のように、超絶に不機嫌である。

「実に巧妙な変装だったけど、残念だったわね」

「変装じゃありません。こっちがスッピン！」

傍らに立ち、腕を組んで笑う智子を睨みつける。つまり、普段のメイクが変装なみというわけだ。

「いやぁ、たいしたものだわ」

デリカシーをどこに捨ててきたのか、智子は感心したようにカンナの顔を覗き込む。

「どうしてこんなに、目の大きさを変えられるの？」

「詐欺メイク動画見たことないんですか。目なんかどうとでもなるんですよ」

ずいぶん失礼な質問だが、純粋な興味から聞いていると分かるせいか、カンナも素直に答えている。

「二重はアイプチ、黒目はカラコン。目が離れぎみなのもアイラインで目頭切開したくらいに近づけられます」

「鼻も案外低いわよね」

「それはノーズシャドウとハイライト。鼻筋をスッと見せることで高さを出すんです」

「へぇ。すごいわねぇ」

受付嬢モードのときよりも、カンナはハキハキと喋っている。こちらが地なのだろうし、むしろ同性としては好感が持てる。

「そんな、白鷺さんが」

ただし、男性陣には大打撃。オムライスの練習をしていたはずの中園が、頭を抱えて嘆いている。他の男性スタッフも、心なしか肩を落としているようだ。

「まさか、めりめろさんが受付嬢ちゃんだったなんてねぇ」

空いた皿を重ねられるだけ重ねて、山田さんが戻ってきた。カウンターに洗い物を置いてから、にこやかに振り返る。

「昔から通ってくれてたのに、ちぃっとも気づかなかったわよ」

「ずいぶん年季が入ってるのね」と、智子が腕を組む。

「地元だって言ったでしょう。家が近所なんです」

それでもマルヨシに就職してからは、大食堂の利用は避けていたらしい。だが昨日の「見学」で約二ヶ月ぶりに訪れて、我慢が利かなくなってしまった。翌日が非番とあれば、足を向けずにはいられなかった。

「大好物なんです、ここのプリンが。なのにさっきから、ちっとも味が分からない。どうしてくれるんですか！」

正体を見破った智子に対し、カンナがありったけの不満をぶつける。「まさかボディクリームのにおいでばれるなんて」と額に手を当て、嘆いている。

「身バレのリスクを冒してでも食べたいプリンなわけね。そこを聞きたかったのよ」

智子が待ってましたとばかりに、カンナの正面の椅子を引いた。テーブルに両肘をつき、前のめりになって質問をぶつける。

「端的に言って、ここのプリンの魅力って？　だってこんなに『す』が入っていて、素人臭い――」

「は？　なにを言ってるんですか」

好物のプリンをけなされて、皆まで言わせずカンナが嚙みつく。押しの強い智子相手に少しも怯《ひる》まないのだから、この子もそうとう気が強い。美由起には、口を挟むタイミングもない。

「ぶっちゃけ今どき硬めプリンなんて、コンビニスイーツでもかなりのクオリティのものが出ているんですよ。でも工場で作られるプリンに、手作り独特の細やかな『す』ができますか？　この無数に空いた小さな穴にほろ苦いカラメルが絡んで、えも言われぬハーモニーを醸し出すわけですよ！」

素顔があまりに衝撃的で、忘れかけていた。カンナはプリンマニアだ。それもどうやら、熱く語り出してしまうタイプの。

「臼井さんならきっと、やろうと思えば『す』の入っていないプリンくらい作れるはずです。でも、あえてこうしている。そこにこだわりを感じませんか。プリンはかつて、特別なおやつだった。私は平成生まれですけど、ここのプリンを食べると当時のときめきが蘇る気がするんです」

マニアのリサーチ能力ゆえか、デザート部門のチーフの名前まで把握している。

理解者を得て心を強くしたのか、臼井さんは両手を強く握り合わせて「はい！」と頷いた。

「このプリンは、先代料理長のレシピです。私もこの『す』が大食堂らしくて、気に入っていて――」

苦手な自己主張を頑張っていたが、息切れしたように声を途切れさせてしまう。続きはカンナが引き受けた。

「『す』によって表面が硬くなるのも、食感の差と思えばまた楽しい。まさに王道の、クラシックプリンです」

クラシックプリン。いい表現だと、美由起は頭の中に書き留める。

「でもどうせ食べるなら、プリンパフェのほうがときめかない？」

智子はまだ、納得がいかないようだ。

「ああもう、全然分かってない。私が求めているのは、生クリームでもアイスでも、ましてやかさ増しのコーンフレークでもない。プリンなんです！」

カンナが「プリン」と言うのに合わせ、手のひらを三回テーブルに叩きつける。あまり熱くなられても、パーテーションの向こう側に筒抜けになるだけだ。美由起はようやく、「まぁまぁ」と間に入った。

「でも、ときめくというのは分かります。私もこの、昭和レトロな感じが好きです」

「出た、『昭和レトロ』」

智子が小馬鹿にしたように肩をすくめる。事あるごとにそう言い続けているものだから、芸のないことと思われている。けれどもカンナなら、分かってくれるに違いない。

「甘いですよ、瀬戸さん」

なのに気づけば、人差し指を突きつけられていた。

「実に甘い。昭和レトロの、作り込みが！」

そう言って、小さな目をカッと見開く。

「いったいどこに行ってしまったんですか。プリン用の、銀の器は！」

「銀の、器？」

「あったでしょう。銀色で、脚がついた」

「ああ」

思い出した。銀といっても材質はステンレスの、スタンド型の器だ。美由起が子供だったころも、大食堂のプリンにはあの器が使われていた。

「いつの間に、こんなパンメーカーの景品みたいな白いお皿になっちゃったんですか。銀の器なら、評価も四・五まで引き上げられるのに」

古いものは一度厭《あ》きられ、時代と共に見直されてゆくものだ。おそらく銀の器もどこかの時点で、古臭く感じられて切り替えられてしまったのだろう。

「器ひとつで、評価まで変わるものなんですか」

「あたりまえでしょう。ビジュアルを舐《な》めないでください！」

己のビジュアルまで変幻自在なカンナに言われると、妙に説得力がある。

「いいですか、今はSNSの時代。皆が『映え』を競っていて、誰もが発信者となり得ます。そしてここは、なんの町ですか？」

「蔵の町」

「そう！」

答えた智子に向き直り、カンナはまた人差し指を突きつける。

「小江戸と呼ばれるくらいですから、ノスタルジックな風景を求める人が集まります。着物で散策する人だって多い。彼らと『昭和レトロ』は、相性がいいと思いません？」

「思います」

カンナの熱量に押され、美由起は素直に頷いた。

「ではなぜ、そういった人たちを呼び込めていないのか。発信力の弱さもさることながら、作り込みが足りていないからです！」

いつもそんなことを考えながら、大食堂のプリンを食べていたのだろうか。そうとしか思えないほど、カンナの弁舌は淀みがない。

「わ、私が勤めはじめたころにはお皿はもう白でしたが、本当はずっと、このプリンには銀の器が似合うと思っていました！」

臼井さんまでもが触発されて、銀の器を推してくる。振り絞られた勇気を称《たた》えるように、カンナが深く頷き返した。

「その通りです。見せかたひとつで、印象と集客がどれだけ変わることか。たとえばほら、これを見てください」

テーブルに伏せてあったスマホを手に取り、軽く操作する。それからもう一度「ほら」と言って、画面をこちらに向けてきた。

「岡山にあるカフェの、クリームソーダです。盛りつけを変えただけで、売り上げが前年比で五倍になったそうです」

昨年まで提供していたというクリームソーダと比較できるよう、写真が並べて載せられている。左はなんの変哲もない厚手のグラスに、これといった工夫もなくアイスが盛られたクリームソーダ。右は上品なフルート型のグラスの中で、色のついたシロップと透明のソーダが二層に分かれている。

「うわぁ、綺麗」

思わずため息が洩れた。混ぜずにあえて分離させ、アイスをグラスの縁に引っ掛けるように盛りつけることによって、濁りが出ないようにしている。

なんとも涼しげで、お洒落《しゃれ》。もはや新感覚の飲み物だ。間違いなくこれは「映え」るし、注文してみたくなる。

「すごいです。材料は同じなのに、盛りつけでこんなに変わるなんて」

臼井さんがまるで夢見る乙女のように、胸の前で手を組んだ。珍しく興奮しているのが伝わってくる。だから美由起もつい、はしゃいでしまった。

「うちのクリームソーダもいっそ、色を二層にしてみません?」

「はい、ダメ〜!」

カンナがテーブルをトンと叩く。まるでそこに、不正解ボタンでもあるかのように。

「さっそくコンセプトがずれました。うちは『昭和レトロ』なんでしょう。こんなスタイリッシュにしちゃって、どうするんです?」

自分でも、「新感覚」と思ったばかりだ。どんなに見映えがよくても、「昭和レトロ」とは大きくかけ離れている。

美由起が提唱する「昭和レトロ」の定義は、昭和らしいもの、ノスタルジーを感じるもの、可愛らしいもの。二層のクリームソーダでは、前二つを満たさない。

「あの、色なら」

興奮冷めやらぬままに、臼井さんが身を乗り出した。

「来月からかき氷がはじまるので、シロップはあります。メロン、イチゴ、レモン、ブルーハワイ。混ぜれば他の色も作れます」

これほど積極的な彼女を見るのははじめてだ。

緑、赤、黄色、青、脚つきのグラスに盛られた色とりどりのクリームソーダを頭に思い浮かべてみる。

可愛らしいことは、間違いない。

「カラーバリエーションがあるのはいいわね。昭和の戦隊ものみたい」

智子も話に乗ってきた。年齢からすると、念頭にあるのは初代のゴレンジャーだろう。

「選ぶ楽しみがあるというのはいいですよ。子供もインスタ女子も大喜びです。どうせなら七色にして、『虹色クリームソーダ』で売り出しません？」

カンナの提案に、またも臼井さんが目を輝かす。

「待っていてください。すぐに作ってきます」

こんなにも行動力のある人だっただろうか。臼井さんは声を弾ませ、すぐさま厨房へと身を翻した。


十分後、テーブルの上には色とりどりのクリームソーダが並んでいた。臼井さんが「すぐに」と請け合っただけあって、シロップさえ揃っていれば簡単なものだった。

まずは緑、赤、黄色、青の四色。電灯の光を跳ね返し、まるでステンドグラスのように輝いている。美由起はうっとりと目を細めた。

「綺麗ね」

「基本的なフォルムが変わっていないせいか、懐かしい感じもそのままですね」

「そうね。赤いチェリーがまた、どの色にも調和するわ」

カンナと智子も、美しい色合いに見入っている。この四色は、問題がない。

続いて、紫色とオレンジ。美由起はこめかみに指を当て、中学時代に習った色の三原色を思い出す。

「ええっと、赤と青を混ぜると紫になるでしょ。赤と黄色はオレンジ。黄色と青は、ああ、緑になっちゃうか」

ともあれ、この二色も発色が綺麗だ。美由起としては、アメジストのような紫が好みだった。

「問題は、ここからですね」

残るはあと一色。カンナがいつもより薄い眉を寄せる。

「緑に他の色を混ぜると、濁るのね」

智子もまた、腕を組んだまま口をへの字に曲げた。

緑に赤を混ぜたものは、ただの茶色。緑に青は、草色としか言いようのないくすんだ色味。

「映え」とはほど遠い色彩になっている。

「かろうじて、緑に黄色はそこそこいい黄緑色になってますけど」

カンナが手を伸ばし、黄緑色のソーダの隣に、メロンシロップで色づけされた緑色を並べる。

両者を見比べ、脱力したように肩を落とした。

「緑と黄緑って、あんまり違いが分かりませんね」

「なんせアイスと接して泡になった部分が、元々黄緑っぽいからね」

カンナと智子が示し合わせたようにため息をつく。少しも悪いところはないのに、臼井さんが

「すみません」と身を縮めた。

「混ぜ合わせる比率を変えたりもしたんですが、いまいちでした。単価の高いシロップなら、ピンク色のピーチ味なんかもあるはずですが」

「でもそれじゃ、ピンクだけ値上げしなきゃいけないことになりますからね」

なかなかうまくいかないものだ。頬に手を当て、美由起はちらりと腕時計を確認する。すでに六時を過ぎている。

ひとまず六色。まだ一色足りないが、営業時間の真《ま》っ只中《ただなか》にいつまでもこんなことはしていられない。

「もうすぐラストオーダーだから、今日はここまでにしておきましょう。六色展開でも、売りにはなることですし」

「でもそれじゃあ、『虹色』とは謳えません！」

そろそろお開き。そんな空気が流れたが、驚いたことに食い下がってきたのは臼井さんだ。気が昂《たかぶ》っているせいか瞼がうっすらと赤らみ、涙まで浮かべている。

「毎日オムライスの練習をしている中園さんを見ていて私、思っていたんです。デザート部門にも、名物があればいいのにって。お客さんが、それを目当てに来てくれるようなメニューが。具体的にどうすればいいのか分からなかったんですけども、白鷺さんの話を聞いていたら、少しの工夫でできるんじゃないかって。だから私、私――」

喋っているうちに、どんどん呼吸が速くなってくる。いったん唾を飲み込んでから、ひと思いに言いきった。

「この大食堂に、虹をかけたいんです！」

臼井さんの気迫に、押される日が来るとは思わなかった。どう返していいものか、ぽかんと口を開けてしまう。

「だからどうか、あと一色。考えさせてください。お願いします！」

体が二つ折りになるほど深く頭を下げられ、美由起はますます狼狽えた。

べつに虹色を諦めようというのではない。カラーバリエーションという方向性は見えたことだし、今日のところはひとまずこれで、というつもりだった。

「そうね、やっぱりモモレンジャーがいないとね」

智子も呆気に取られ、おかしなことを口走っている。発想が、やはり古い。

そのひとことになにを思ったか、臼井さんがハッと息を呑《の》んだ。

「ピンクって、ようするに薄い赤ですよね」

独り言のように呟くと、美由起と智子に向かって手のひらを突き出してくる。

「分かりました。あとしばらく、本当に少しだけお待ちください！」

そう言い残し、再び厨房へと駆け込んだ。

取り残された三人で、なんとなく顔を見合わせる。

「驚いた。臼井さんって、案外熱い人なのね」

智子がカウンターの向こうで作業をはじめた臼井さんに目を遣りつつ、椅子の背もたれに身を預けた。こうなったらもう、待つしかない。カンナは試作品の中から青いクリームソーダを引き寄せて、溶けかけたアイスをスプーンで掬《すく》っている。

「そりゃあそうでしょう。かつての滑らかプリンブームにも流されず、クラシックプリンを作り続けてきたんですよ」

臼井さんは、大人しい人。そんなものは、表面的な印象である。多弁なタイプではないからこそ、内面に秘めた想いが強いのだろう。彼女に関しては、認識を改める必要がありそうだった。

そしてまた、カンナに対する認識も。

「白鷺さんの熱意に触発されたのね。あなた、どうして受付嬢なんてやっているの?」

「そんなの、決まってるじゃないですか。あそこに立っていると、いい男が釣れるかもしれないからです」

智子の心底不思議そうな質問に、カンナはきっぱりと答える。あまりの潔さに、智子にしては珍しく声を上げて笑った。

「ああ、釣り糸を垂れてるのね」

「ええ、鯛《たい》を釣る気満々です。二十五までには結婚したいので」

白鷺カンナの口から、まさか結婚の二文字が出るとは思わなかった。美由起の目には、若々しい「今」を楽しんでいるように見えたから。驚きのあまり、不躾《ぶしつけ》な質問が零れ落ちた。

「えっ。だってじゃあ、若社長は?」

「若社長?　しつこくご飯に誘ってくるので、何度かご一緒しましたけど」

質問に答えながら、カンナは美由起の勘違いに気づいたらしい。いかにも嫌そうに、顔をしかめた。

「ちょっと、やめてくださいよ。既婚者じゃないですか」

「とはいえ、社長よ」

智子がすかさず混ぜ返す。カンナはなにかを追い払うように手を振った。

「スペックがどうあれ、既婚者なんて雑魚《ざこ》もいいとこです。下手すりゃこっちが慰謝料請求されるんですよ。もはやリスクしかないんですから、言い寄って来る既婚者全員、爆発してほしいくらいです」

憎々しげに吐き捨てる背景には、独身気分で若い女に色目を使う男たちへの嫌悪が透けて見える。鯛を釣るための仕掛けに雑魚ばかりが引っかかってきたら、そりゃあ鬱陶しいことだろう。

「爆発って」

あまりにも率直な物言いに、つい噴き出してしまった。同時にカンナのどこか冷めたところのある感覚に、共感を覚えはじめていた。

「すみません、お待たせしました！」

臼井さんがいそいそと、クリームソーダのトレイを運んでくる。その色合いに、智子が「おお！」と目を見開いた。

「ピンクね！」

「ええ、ピンクです」

頷き返す臼井さんの目は、自信に満ちている。

「イチゴシロップを半量にして、甘みはガムシロップで補いました」

赤いクリームソーダを隣に置いて見比べても、同じシロップを使っているとは思えない。色みを減らしたぶん透明感が増し、ピンクというよりは桜色と称したほうがしっくりくる、美しい色合いになっている。

カンナがうっとりとした目で、頬杖《ほおづえ》をついた。

「恋の色ですね。商品化されたら私、これを頼みます」

「私も頼むわ。今、独身だから」

「えっ、前は既婚者だったんですか！」

智子のさりげないカミングアウトに、うっかり食いついてしまった。二十代、三十代、四十代と年齢に差はあれど、女三人、皆独身ではないか。

「あ、私は旦那さんとラブラブなので」

臼井さんだけが、一緒にするなと首を振る。

後にマルヨシ大食堂の名物となる、虹色クリームソーダ誕生の瞬間だった。

四

滑りやすいタイルの床にパイプ椅子を置くのは、なかなかの冒険だ。

翌朝、美由起は中園たちがやって来る前に出勤し、厨房の棚という棚を開けていた。かつてプリンを提供するのに使われていた、銀の器を探すためである。

「たぶんどこかに仕舞われてるわよ」

山田さんがそう請け合ったからには、きっとどこかにあるはずだ。

しかし食材や調味料を保管してある倉庫や、作りつけの食器棚、流しの下などを探っても、銀の器は出てこない。残すは作業台の上に並ぶ、背伸びをしても届かない棚のみだった。

頰に貼りつく乱れ髪を払い、美由起は不安に眉を曇らせる。

踏み台代わりに椅子を持ってきたはいいが、なんとも安定が悪い。母一人、子一人の生活では、万が一怪我《けが》でもしたら、娘の美月に迷惑がかかる。せめて誰かが、椅子を押さえてくれればいいのだが。

しばらく待てば中園が来るだろうが、特訓の時間を削らせるのは本意ではない。汗ばんだ額を手の甲で拭い、美由起は「やるしかない」と独りごちた。

臼井さんが意外なやる気を見せてくれたように、美由起もカンナの熱意にほだされていた。慣れない飲食業とはいえ、入社二ヶ月に満たないカンナに作り込みの甘さを指摘されたまま、じっとしているわけにはいかない。

不本意な異動だったとはいえ、自分こそが食堂部門のマネージャーなのだ。この努力がテナント派の役員を黙らせることに繫がるのなら、屁でもない。そのくらい、クラシックプリンと虹色クリームソーダには可能性を感じる。

「そういえばあのときも、色がかかわってたなぁ」

パンプスを脱いで椅子に片脚をかけ、美由起は遠くを見つめる目になった。

昨年の夏のことだから、もうすぐ一年。食器・リビング部門のマネージャーだった美由起は、唐突に外商部からの呼び出しを受けた。マルヨシ百貨店の五階にはごく一部の顧客しか知らない外商サロンが設けられており、そこからの応援要請だった。

外商員が直接自宅に赴く上顧客でも、時には百貨店に足を運びたいこともある。外商サロンはそんなときに利用される部屋で、内装もどことなくロココ調だ。美由起が足を踏み入れたのはその日が最初で、おそらく最後となるのだろう。

来客用の猫脚のソファには、髪を夜会巻きにまとめた美由起と同年輩の女性と、未就学らしき男の子が座っていた。女性はひと目でシャネルと分かる、サマーツイードのセットアップを身に着けていた。

部屋には高級ランドセルが運び込まれていたので、彼女らの目的はすぐに知れた。ランドセル商戦のピークは年々早くなっていて、春から夏の間に人気のラインは売り切れてしまう。男の子は、来春から小学生になるのだろう。

驚いたのは、役員が出てきて接客に当たっていたことだった。いつもの横柄さはどこへやら、「権田《ごんだ》様、権田様」と揉《も》み手《で》せんばかりに腰を折り曲げていた。

権田家は元々このあたりの地主で、三代にわたって超がつくほどのお得意様である。そんな事実は、後に知った。

その財力を示すように、サロンに並んでいたランドセルはどれも十万円以上の高額ライン。しかも茶系のものばかり。中でも奥様が目をつけたのは有名ブランドの、ダークブラウンのランドセルだった。お値段は、二十三万円。

「やっぱり、茶色が上品でいいわよね。リュウくんには子供のうちから、いい物に触れさせてあげたいの」

家付き娘の奥様も、そうやって育てられてきたのだろう。だがリュウくんには、ちゃんと五歳男児らしい感性が備わっていた。

「やだ、そんなうんこ色。俺、黒がいい」

間の悪いことに、外商員は皆出払っていた。ランドセルを扱う子供用品・雑貨部門のマネージャーも有給を取っており、対応していたのは胡麻《ごま》すりだけでのし上がった役員と、ランドセル売り場の若手社員のみ。母子の間で意見が合わないのに困り果て、苦肉の策で美由起が呼ばれたというわけだ。

幸い、ランドセルに関する商品知識はある程度頭に入っていた。売り場が近いので、繁忙期にはランドセル売り場の応援に入ることもしばしばだった。

ようするに高級志向の奥様に、黒も悪くないと思わせればいいわけだ。美由起はにっこりと微笑んだ。

「よろしければ、黒のランドセルもご覧になってみませんか。人気の工房のランドセルは、黒にこそ力を入れております。私の一押しは、総コードバンのツヤ仕上げ。黒曜石のような輝きを持つランドセルです」

お値段、二十一万円。農耕馬の臀部《でんぶ》の皮革であるコードバンを、二頭分使用した高級品だ。

「あら、そんなのもあるのね」

奥様が興味を引かれたのを見て、美由起は傍《そば》に控えていた若手スタッフに目配せをした。

「俺、自分で見たい！」

ところがリュウくんは、自ら売り場に行きたがった。なだめてもすかしても、己を曲げようとはしなかった。しかたなく奥様と役員まで引き連れて、売り場に赴く羽目になった。

「俺これ！　これがいい！」

リュウくんが気に入ったのは、なんの変哲もない合皮のランドセルだった。しかも低価格帯に入る部類だ。

奥様はいかにも嫌そうに顔をしかめ、役員からはなにがなんでも高級ランドセルに決めてくれという無言の圧力が感じられた。リュウくんは、大人たちの思惑に左右されない子供だった。

「のび太くんのランドセルみたいだから、絶対これ！」

お値段、三万九千八百円。

奥様は、ブラックカードでそれを買った。

今思えば権田家との因縁《いんねん》は、あのときからすでにはじまっていたのだろう。


美由起はパイプ椅子の背に手をかけて、吐息を漏らす。

ぼんやりしている場合ではない。急がないと、中園が来てしまう。

がたがたと椅子の脚を揺らして安定をたしかめ、両足を乗せてその上に立つ。戸棚を開けようと両手を伸ばし、その拍子に重心が変わってふらついた。

「うわ！」

とっさに棚の把手《とって》に摑まる。そのまま動悸《どうき》が治まるのを待っていると、小刻みに揺れていた椅子が急に静かになった。

「なにやってるんですか、危ないですよ」

足元から可憐《かれん》な声がして、視線を落とす。まず目に入ったのは、隙なくブローされた内巻きのボブだ。それからこちらを見上げる、ぱっちりとした瞳。ヘアメイクで完全武装された、白鷺カンナがそこにいた。

「えっ、どうして」

カンナは私服のワンピースのままだった。ロッカールームにも立ち寄らず、真《ま》っ直《す》ぐに最上階の大食堂を目指して来たのだ。

「昨日言ってたじゃないですか。朝イチでプリンの器を探してみるって。思ったより、早かったみたいですけど」

まさか、手伝いに来てくれたのか。驚きを隠せずにいると、カンナがふてくされたように唇を尖《とが》らせた。

「言っときますが、プリンのためです。押さえておくので、早く探してください」

「ああ、うん。ありがとう」

戸惑いつつも、戸棚を開ける。なぜかこそばゆい笑みが、頬の筋肉を押し上げてくる。

「ありました?」

「ちょっと待って」

足元から急かされて、美由起は捜索の手を速めた。棚の中は上下二段に分かれており、下段には握り寿司《ずし》用の樹脂製の桶《おけ》が積み重なっている。

上段は、爪先《つまさき》立ちにならないと覗けない。カンナを信じ、その場でうんと伸び上がる。中身が入っているらしい、半透明のゴミ袋が見えた。手前に引き寄せてみると、カシャカシャと金属のぶつかる音がする。銀色の容器が無造作に、袋に詰め込まれているのが分かった。

「あった！」

ゴミ袋の口を右手で摑み、椅子から下りる。タイル床に足をつけた美由起は、カンナの極上の笑顔に迎えられた。

「やりましたね！」

業務的な微笑みではなく、心底嬉《うれ》しそうに笑っている。

「星五つ」

思わずそう、呟いていた。カンナが首を傾げ、目を瞬く。化粧の力と分かっていても、胸がうずくほど愛らしかった。

「おはようございまーす」

ホール中に、欠伸《あくび》混じりの声が響いた。ようやく中園のお出ましだ。

足を引きずるようなだらしない歩きかたでホールを横切り、ふと厨房に顔を向ける。とたんに中園は、号令をかけられたかのように直立不動になった。

「えっ、うそ。白鷺さん？」

「はい、白鷺です。おはようございまぁす」

カンナは甘ったるい声を出し、中園に微笑みかける。

それは本性を知られてしまった相手にも魔法をかけ直すことができる、無敵の営業スマイルだった。

仲直りのエビフライ

一

「うん、いいわね。安定して作れるようになったわ」

中園のオムライスに合格点が出たのは、リニューアル前日の六月四日だった。

しかもすでに、夕方である。少しやつれたように見える中園が、「よっし！」とガッツポーズをした。

美由起から見れば途中からもう充分に作れている気がしたが、商品として提供するからには、常に一定のクオリティが保たれていなければいけない。料理人の世界というのは、厳しいものだ。

「やっと、まかないのオムライス地獄から解放されるわね」

中園の特訓期間中、まかないでオムライスを食べ続けてきたのは他のスタッフたちも同じだ。やっと好きなものが食べられると、ホッとしている気配がある。美由起もオムライスは好物だが、ここ数日はさすがにスプーンが進まなくなっていた。

「だったらほら、最後のひと皿っすよ」

できたてほやほやのオムライスの皿を、中園が智子に押しつける。

「やっとＯＫが出たんすから、ご祝儀と思って食ってください」

「――それもそうね」

智子はあからさまに顔をしかめていたが、そのひと皿は中園の努力の結晶だ。料理人として食べ物を粗末にするわけにはいかず、素直に皿を受け取った。

「あ、それじゃあさ。はい、これ。一尾あげる」

ホールスタッフの山田さんが、カウンター越しにエビフライを差し出してくる。彼女も遅めの休憩に入ろうとしていたところだった。

「いいんですか？」

「うん。私にはちょっと多いからさ」

山田さんが手にしているのは、エビフライ定食のトレイだ。ざくざくとした粗めのパン粉をまとったエビフライが、四尾も皿に載っている。キャベツの千切りとタルタルソースが添えられて、ご飯と味噌汁、お新香がついてちょうど千円。スタッフならばさらに割引が適用される。

「蔵の町で、地元のみなさんと共に八十年」のマルヨシ百貨店。管理部などが入っている別棟には社員食堂もあるが、大食堂のほうがメニュー豊富で美味しいため、食堂スタッフは誰も食べに行かない。ちなみに「蔵の町で」云々《うんぬん》というのは、地元局で流れているCMの謳い文句である。

厨房にほど近いパーテーションで区切られた一画で、智子と山田さんは差し向かいに遅い昼食を取りはじめた。山田さんがエビフライにたっぷりのタルタルソースを載せるのを見て、智子が尋ねる。

「そのソースも、市販品ですよね」

智子がまた新たなてこ入れ対象を見つけたようだ。改善されるのは良いことだが、価格から自家製ソースは無理だと前にも言ったはず。美由起はやれやれと、茜色に染まる西の窓に目を遣った。気象庁によると、あと数日で梅雨入りだという。ここから見える空の色も、しばらくはどんよりとしたものになりそうだ。

山田さんに分けてもらったエビフライを、智子が神妙な顔でひと口齧《かじ》る。シャクッと小気味のいい音がする。

「それに、衣も分厚すぎるわね。ちょっと、マネージャー」

「は、はい」

また洗濯物を部屋干しにする季節がくるのかと主婦らしいことを考えていた美由起は、唐突に呼び掛けられて姿勢を正した。

「このエビは、16／20くらいでしょ?」

「ええっと——」

たしか、引継ぎのときに教えてもらった。冷凍エビは国際基準で規格分けがされており、一ポンド（四五三・六グラム）あたりの入数でサイズが決まっている。16／20なら、無頭でだいたい十一〜十二センチの大きさだ。

「たぶん、そうです」

「なんだか自信なさげね」

「魚介類の仕入れは、八反田《はったんだ》さんにお任せしているので」

八反田は和食部門のチーフである。日本料理屋から回転寿司チェーンに流れ、十年ほど前に大食堂にやって来たという。魚介類の扱いについては、前料理長のころから彼が一手に任されていた。

「ああ、あの強面《こわもて》ね。呼んできて」

八反田に声をかけるときは、必要以上に気を遣う。年齢不詳だが、なにせ見た目が堅気ではない。修業時代から剃《そ》り上げているという頭のせいで、迫力が倍増している。彼に比べれば、元ヤンの中園など可愛いものだ。

それをあっさりと呼びつけようとする、智子に怖いものはないのだろうか。厨房を覗くと八反田は、腕を組んで巻物を作るスタッフを眺めている。あれは多分、鉄火巻きと握りセットだ。スタッフの指先に、緊張が窺える。

「どうしたんすか」

中園が気づいて、カウンターに肘をつく。用件を伝えると、ただちに手を上げて八反田を呼んだ。

「八反田さーん、ちょっと」

この男も、怖《おそ》れとは無縁のようである。

八反田は体格もいい。胸を張り、のしりのしりと近づいてくる。

「なんだ?」と問う彼に智子が呼んでいる旨を伝えると、とたんに顔を曇らせた。

中園同様、突然料理長の肩書きに収まって、自分のやりかたを押しつけようとする智子をよく思っていないのかもしれない。八反田の風貌から想像するに、自分より若い女に指図されるのは、気に食わないタイプと見える。

それでも寡黙ゆえ、中園のように文句を垂れ流しにはしない。「分かった」と調理用帽子を脱ぎ、厨房から出てきた。

智子は八反田に、なにを言おうとしているのだろう。気にはなるが、その場面にあまり居合わせたくはないなと尻込みする。するとちょうど、背後からデザート部門の臼井さんの控えめな声がした。

「プリン二つ、お願いしまーす」

先日これでいこうと決めた虹色クリームソーダのお披露目は、オムライスのリニューアル日に合わせることにした。プリンだけがひと足先に、銀の器での提供がはじまっている。プリンマニアのめりめろさん、もといい白鷺カンナがさっそくＳＮＳに星四・五で再掲したせいか、普段は見かけない客層の女性が来るようになった。

「あ、それ、私が行きます」

ホールスタッフは出払っているし、山田さんは休憩中だ。これ幸いとばかりに、美由起はトレイを手に取った。


プリンを頼んだのは、二十代半ばの二人組の女性だった。全体的に派手さはないが、持ち物のセンスがいい。自分の好きなものだけを、吟味して買っているという感じがする。

「あの、写真を撮ってアップしてもいいですか？」と許可を求めてくるところも、好感が持てる。

「ええ、もちろんです。やっぱり、めりめろさんのをご覧になって？」

「はい。前から気になってはいたんですけど、このビジュアルでやられちゃいました」

聞けば横浜から来たというから、なかなかの遠出だ。活動圏が違うので、めりめろさんとは情報を交換しあう仲らしい。人づき合いの選別がうまいのか、カンナ繋がりの客は皆、行儀がよかった。

プリンの器を替えてから、まだほんの一週間。それでも単品の売り上げが、三割増しほどになっている。今後のプロモーションを考えれば、二倍、三倍も夢ではない。

オムライスのリニューアルも、写真では違いが分かりづらいと渋られたが、虹色クリームソーダと合わせたとたん、広報が乗ってきた。キャッチコピーは「懐かしいのに、あたらしい」。ニュースリリースにも載せてくれたし、大急ぎでポスターも刷ってくれた。こちらも明日が楽しみだ。

わくわくした気持ちで、空になったトレイを脇に挟み、パーテーションの内側に戻る。そのとたん、険悪な空気が体を包んだ。

まるでここだけ、気圧が急激に下がったかのような重苦しさだ。そのど真ん中で睨み合っているのが、智子と八反田だった。

まさに一触即発。美由起は気配を殺し、一部始終を見ていたはずの山田さんに歩み寄る。

「あの、いったいなにが?」

「ああ、お帰り。いえね、料理長がネタの鮮度についてどうこう言いだしたもんだからさぁ」

エビフライに使われているエビのサイズを知りたくて呼んだはずなのに、智子は握りやちらしに使われているネタにまで口出しをしてしまったらしい。

食堂部門の魚介類の仕入れは、地下の鮮魚部門と合わせて発注をする。そのほうが仕入れ値が抑えられ、ロスも減らせるわけだが、智子はそこに嚙みついた。

「つまり、デパ地下で売っている魚と同じクオリティなんですよね？」と。

智子を睨みつける八反田は額に青筋を浮かべており、子供が見たら泣きだしそうな形相をしている。その邪悪な眼光から目を逸らさぬばかりか、睨み返す智子も肝が据わりすぎていた。

「アンタ、百貨店の流通ナメてんな」

八反田が、唸るような声を出す。押し殺されていて低いのに、大声で怒鳴りつけられるよりも恐ろしい。

「女のくせに、余計な口出しすんじゃねぇ」

そのひと言に、智子の眉がぴくりと揺れた。もはや、摑み合いの喧嘩《けんか》がいつはじまってもおかしくはない。

「八反田さーん。五味《ごみ》くんが握りを見てほしいそうっす」

中園が厨房から声をかけてきたのは、美由起自身がこの緊張感にこれ以上耐えられないと投げ出したくなったときだった。なんて素晴らしいタイミング。五味くんはさっき鉄火巻きを巻いていたアルバイトだ。

「分かった」

八反田は短く応じると、智子にあっさりと背中を見せた。そのまま振り返りもせず、自分の持ち場へと戻ってゆく。智子のほうでも、深追いはしなかった。

まだ食べ終えていないオムライスに目を落とし、なにかをこらえているようでもある。だが次に顔を上げたときには、拍子抜けするほど平然としていた。

「ああ、マネージャー。やっぱりエビフライのエビは、16／20だったわ」

なにごともなかったかのように、十数分前の会話に戻る。美由起は「はぁ」と気の抜けた相槌《あいづち》しか打てない。

「でもこれじゃあ、衣ばかりが目立つのよね。見て、衣と身の間に隙間ができているでしょ」

ひと口齧ったエビフライも、まだ皿の上に載っていた。その断面をこちらに向けて見せてくる。

「エビのサイズを、もうワンランク上げられないかしら？」

元々は、これを相談したかったのか。やっと本題に戻れたと言わんばかりである。

「それは、無理です。エビフライ定食は原価が高いので」

美由起は考えるまでもなく、その提案を却下した。

飲食店のメニューの原価率は、一般的に三十パーセントが指標とされている。もっとも一律に三十パーセントにする必要はなく、たとえばソフトドリンクは原価が低く、目玉メニューならば高く設定することもある。

エビフライ定食の価格は、千円ちょうど。原価率はエビだけですでに三十パーセントを超えている。エビはサイズが上がるほど価格も高くなってゆくから、ワンランク上となると五十パーセントに達するかもしれない。そんな赤字メニューを出すわけにはいかない。

智子が腕を組んだまま、首を傾げた。

「本数を、三本にするとか」

「原価率はクリアできても、顧客満足度は下がるかと」

「でも山田さんがさっき、四本じゃ多いって言ってたわよ」

「そりゃあ言ったけど、やっぱり三本になっちゃ寂しいよねぇ」と、山田さん。

「男性なら、ぺろりと食べてしまいますからね」

さっきまでの緊迫感はどこへやら、こんな会話をしているのが自分でも不思議だ。智子はどうしてそんなにも、けろっとしていられるのだろう。

「そもそもエビフライって、そんなに美味しいかしら」

しかもずいぶん、根源的なことを聞いてきた。

「美味しいでしょう。だって定番メニューですよ」

「そう？　天麩羅《てんぷら》ならいいんだけど、淡泊なエビとザクザクのパン粉って、あんまり相性がよくないと思うのよねぇ。とんかつくらいのパンチがないと」

「そんなことありません。エビフライは昔の子供たちの憧れ、昭和レトロです！」

美由起はいつの間にか、両手を握りしめて力説していた。デパートの大食堂に、エビフライがないなんてあり得ない。定食だけでなく、ハンバーグとエビフライセット、エビフライカレー、ミックスフライと、その存在感は計り知れない。

「本当に好きねぇ、昭和レトロ」

智子が呆れたように肩をすくめる。それからすっかり冷めてしまったエビフライと、オムライスを胃に収めた。

「ごちそうさま。さて、仕事に戻らないと」

空になった皿を手に立ち上がる。厨房の中は八反田を気遣い、皆ピリピリしている。

「あの、大丈夫なんですか」

「なにが？」

「八反田さんと、和解を――」

「あっちも、言わなくていいことを言ったでしょう」

ああ、とため息が洩れる。平然としているようで、智子だって「女のくせに」という発言に腹を立てているのだ。

料理人というのは、気難し屋が多いのだろうか。どちらかが折れてくれればと思うが、望みが薄そうだ。料理長とチーフが険悪では、他の厨房スタッフもいたたまれない。

「あーあ。長引かなきゃいいけどねぇ」

山田さんが食後のコーヒーを啜る。こちらはホールスタッフだから、呑気なものだ。

もしも長引くようならば、職場環境の改善もマネージャーである美由起の務め。あの二人を個別に呼んで、指導しなければならない。

想像するだけでも、胃の痛くなるような事態だった。

二

左手に載せたトレイに、オムライスの皿が一枚。右手にはもう一枚。片方は中園が作ったもので、もう片方が智子の作だ。

こうして並べてみても、どちらが作ったものだか見分けがつかない。よくぞここまで、鍛練を重ねたものである。

いよいよ、オムライスのリニューアル初日。緊張と期待が入り混じった、新たな門出だ。

「お待たせいたしました。オムライスです」

注文したのは、還暦過ぎの夫婦だった。旦那さんが定年を迎えたらしく、週に一度は散歩がてらにランチを食べにくる。おっとりとした印象の奥さんが、両手を重ねて目を輝かせた。

「まぁ、なんて綺麗なオムライス！」

「本当だ。君が作るオムライスもいいけどね」

「ちょっともう、嫌だ。こんなに上手に作れませんよ」

いったいどう生きればこの歳まで、仲睦《なかむつ》まじくいられるのだろう。美由起は遠くを見るように目を細め、「ごゆっくり」と腰を折る。

別のテーブルの空いた皿を下げて戻ろうとすると、途中で声をかけられた。

「瀬戸さん。調子はどうですか？」

立っていたのは休日モードの白鷺カンナだ。すっぴんに眼鏡、Tシャツにジーンズという、地味な装い。受付嬢のときと同一人物とは思われないが、半袖から突き出た二の腕は目もくらむほど白い。

「白鷺さん。お休みだったんですか」

食堂スタッフに正体を知られたことで、カンナは素顔のまま気軽に通ってくるようになった。ただし、口外は厳禁である。他の部署に洩れたなら、必ず噂《うわさ》の元を見つけだして報復してやると脅されている。

「いつもの、プリンですか」

「いいえ。さすがに今日はこれを」

カンナが手にしていた食券は、オムライスとクリームソーダだった。リニューアル初日の様子を、わざわざ見にきてくれたのだ。

「大盛況、というわけにはいかないみたいですね。客層がだいたい、いつもと同じ」

広い店内を見回して、カンナが感想を口にする。百貨店自体の利用客に若者が減っているせいもあり、大食堂に来るのもほとんどが中高年だ。先ほどの夫婦のように、よく見る顔もちらほらと。平日ということもあり、オムライスの注文数は増えているが、新しい客を呼び込めているという感じではない。

「プロモーションがホームページとポスターと地元紙の記事くらいだと、まぁこんなものですよね。早くSNSのアカウントを取りましょう」

「今、上に判断を仰いでいるところで」

「遅いんですよ、判断が」

二十歳のカンナとは違い、こちらはアラフォー。SNSの使いかたはうまくない。それでもインフルエンサーに捕捉されたときの拡散力は侮れないから、絶対にやるべきだとカンナは言う。

「前場料理長のてこ入れはまだ続くんでしょう？　SNSなら『懐かしいのに、あたらしい』シリーズで、随時アップしていくこともできますから」

なんでもカンナの学生時代の友人には、フォロワー数が四十万人を超える読モがいるそうだ。常に「映え」を狙っている彼女が虹色クリームソーダに食いつかないはずがないと、自信満々に言いきった。

しかしマルヨシ百貨店大食堂の名でアカウントを取るからには、SNSがなにかも分かっていない上層部の許可がいる。なにかと判断が遅いくせに、ボーナス何パーセントカットといった判断だけは早い人たちだ。その中には大食堂のテナント化を考えている役員もいるはずで、急ぎつつも慎重に物事を進めていかねばならなかった。

自分の仕事でもないのに商品開発やPR方法にまでヒントをくれるカンナとは、つい話し込んでしまう傾向にある。だから一般席へは案内せず、パーテーションで区切られたスタッフ用のスペースへと通す。

そのとたん、カンナが不審げに薄い眉をしかめた。

「なにかあったんですか?」

視線は厨房へと注がれている。一見普段通りに働いているようでも、各部門のスタッフたちが智子と八反田の動向をチラチラと気にかけていた。二人とも、己の仕事に真剣に向き合っている。だが和解をしたわけではなく、智子は手が空けば八反田の背中を物凄い目で睨みつけていた。

「やっぱり、分かっちゃいますか」

部外者のカンナにすぐ見抜かれるようでは、このまま放置してはおけない。美由起は胃のあたりを押さえながら、重苦しい吐息をついた。

「なるほど、そんなことが」

昨日のあらましをカンナに耳打ちしたのは、ちょうど休憩に入っていた山田さんだった。

カンナは厨房に立つ智子と八反田を見比べてから、「大変ですね」と同情の眼差しを寄越してくる。どちらも一筋縄ではいかなそうだと、瞬時に読み取ったらしかった。

本当に、次から次へと問題は起こる。近ごろは、寝ても疲れが取れない。

「あ、あの。白鷺さん」

オムライスの皿とピンクのクリームソーダを手に、中園が近づいてくる。ホールスタッフ任せにはせず料理を運び、丁重にテーブルの上に置いた。

「これが、失敗作じゃないオムライスっす。お召し上がってくださいませ」

無理に丁寧な言葉を喋ろうとしなくていいのに、がちがちに緊張している。以前カンナの前で智子に「失敗作」と言われたのが、よほど悔しかったのだろう。

「うわぁ、本当に綺麗。では、いただきます」

そんなに見られていては食べづらいだろうに、カンナは気にした様子もなく、スプーンに巻かれた紙ナプキンを外す。ひと口頬張り、飲み下すとき、中園の喉もつられて上下に動いた。

「ん～！　とろとろの卵がご飯に絡んで、これすごく美味しいです！」

「マジすか！　あ、いえ。誠にございまするか！」

武士化した口調に、山田さんが危うく食後のコーヒーを噴きそうになった。美由起も笑ってはいけないと、頬の内側を軽く噛む。

「毎朝特訓なさってましたもんね。リニューアル、おめでとうございます」

カンナに微笑みかけられて、中園はただはにかむばかり。化粧をしていようがいまいが、白鷺カンナという存在に魅せられてしまったようだ。できればうまくいくよう応援してやりたいが、今のところ手のひらの上で転がされているようにしか見えない。

「ピンクのクリームソーダも、やっぱり素敵。二人で飲んだら恋が叶《かな》うとか、ジンクスを作っちゃいません？」

「こここここっこ、コイですか！」

「あ、なんだ。ニワトリのものまねかと思っちゃった」

山田さんが口元を拭きつつ横槍《よこやり》を入れる。中園は「こっこっこっこ」と呟きながら、真っ赤になって厨房へと戻っていった。

「なんだか可愛いねぇ、あの子は」

できの悪い子ほど可愛いというやつか。中園を見送る山田さんの眼差しは、慈愛に満ちていた。

「でもまぁ遅かれ早かれ、衝突はあったと思いますよ。いきなり部外者を引っ張ってきたわけですし」

カンナがオムライスの続きを口にしながら急に話を戻したものだから、頭がついていかなかった。「あの性格ですもん」と言われ、智子のことだと理解する。

そう言われても、庇《かば》えない。智子の辞書に、チームプレイという言葉はないように思える。

「だってあの人、好きにしていいって言われて引き抜かれてきたんですよね？」

智子本人から、そう聞いている。美由起は「そのようです」と頷いた。

「若社長からは、大食堂の売り上げを伸ばすためと聞かされていますが」とだけ答える。さすがにテナント貸しの可能性までは打ち明けられない。

「それにしたって、スタッフに事前の通知もなく。そんなの揉めるに決まってるじゃないですか。おかしいと思いません？」

現に智子と中園は初日から、小競り合いを繰り返している。「なになに、陰謀論？」と、山田さんが身を乗り出した。

「いくら若社長がぼんくら——経営手腕に乏しいとはいえ、人事がでたらめすぎません？　瀬戸さんだって、たしか食器・リビング部門のマネージャーでしたよね」

あきらかに「ぼんくら」と言いかけて、寸前で改める。美由起が食器・リビング部門から食堂部門に異動した理由は、社内でも噂になったはずだ。同性から距離を置かれているカンナの耳には、入っていないのだろうか。

「そういえば四月の新人研修のときはまだ私、食器・リビング部門にいましたね」

入社直後に売り場の見学に訪れたカンナたちを、案内したのが美由起だった。

異動理由は人に聞けば分かるだろうし、べつに隠すことでもない。ただ、話しはじめると長くなる。業務時間中にする話ではなかった。

「ちょっと、失敗しちゃったのよね」

事情を知る山田さんが、すかさず間に入ってくれた。その目配せにカンナもなにかあると察したらしく、「そうですか」と引き下がる。

「ともあれ料理長とマネージャーって、食堂部門のツートップですよね。人選は大事でしょう？」

「そう、ですよね」

料理の腕はたしかだが我が強すぎる智子と、飲食業未経験の美由起。その二人でスタッフをまとめられるかと問われれば不安材料しかないし、実際に今、厨房の中は緊張に満ちている。

「あのぼんくらは、なにを考えているんでしょうか。気になるんで、さりげなくつついてみますね」

今度ははっきりと、「ぼんくら」と言ってしまった。聞かれて困る人はいないと分かっていても、美由起は思わず辺りを見回す。

あのホスト崩れのような若社長も、カンナには弱いようだ。「既婚者なんて雑魚」と言われているとも知らず、すっかり鼻の下を伸ばしている。

「あらやだ、女スパイみたいね。頑張って、受付嬢ちゃん」

悪だくみのにおいに、山田さんは手を叩いて大はしゃぎ。あの若社長にそれ以上の思惑などあるのだろうかと訝《いぶか》りながら、美由起は「はぁ」と頷いた。

三

午後三時を過ぎると、客の入りも落ち着いてきた。目新しい客は来なかった代わり、オムライスは通常の倍近くは出た。常連客には、プロモーションが効いたということだろう。

喫緊《きっきん》の問題は、外の客をどう呼び込むか。その鍵となるのが、虹色クリームソーダである。早くSNSアカウント取得の許可が下りればいいのだが、美由起は上層部の覚えがめでたくない。なにせ上顧客である権田家の奥様を、真っ赤になるほど怒らせてしまったのだから。

あれは四月に入って間もなくの、比較的暇な午後だった。権田家の奥様とその息子のリュウくんが、突然美由起を訪ねてきた。それも以前のように外商サロンへ呼び出すのではなく、直接生活雑貨コーナーに現れた。

その日はちょうど、小学校の入学式があったそうだ。美由起のお蔭で望みのランドセルを買ってもらえたリュウくんは、どうしても「あのおばちゃんに見せる！」と言ってきかなかったという。ラルフローレンのキッズスーツでピシッと決めているのに、足元が戦隊もののプリントが入った靴なのも、「これがいい！」と譲らなかったからだろう。

シャネルのスーツに身を包んだ奥様は、不機嫌を隠そうともしなかった。息子が安っぽいランドセルを背負っているのも、戦隊ものの靴を履いていることも、美由起に会いたがったことも、ひどく気に食わない様子だった。

それでもリュウくんにしてみれば、最高のコーディネートだ。「見て見て！」と屈託なく笑う顔を見ていたら、たとえ奥様に嫌われても、役員に睨まれても、このランドセルを売ってよかったのだと思えた。

途中の売り場から報告が入ったのか、すぐに役員と外商部の担当者が駆けつけてきた。奥様に向かって揉み手せんばかりに腰を折り、「どうぞこちらへ」とサロンへ誘導しようとする。奥様は「リュウくん、行くわよ」と声をかけると、振り返りもせずその後に続いた。

「え、あのっ！」

リュウくんは、その程度の呼びかけでは動きそうになかった。奥様としては、しばらく置いてけぼりにして反省を促す気でいたのだろう。あっという間に角を曲がり、姿が見えなくなってしまった。

子供の注意力を、過信してはいけない。奥様の思惑に反し、リュウくんは置いて行かれたことにも気づかず、「俺ね、一組なんだぜ！」と言いながら飛び跳ねていた。

「あっ！」

危ない、と思ったときには遅かった。リュウくんが着地に失敗し、後ろによろけた。どうにかバランスを取ろうと体を捻《ひね》ったとたん、がしゃんとガラスの割れる音がした。

ランドセルが、陳列してあったグラスを引っかけたのだ。

「怪我はない？」

幸いにもリュウくんは無傷だった。ケロッとして、グラスの破片を見下ろした。

「あーあ。壊れちゃった」

その無責任な呟きに、美由起はぎょっとした。グラスが勝手に落ちて、割れたわけではないのだ。

「壊れちゃったじゃないでしょう。壊しちゃったの」

よせばよかったのに、自分にも娘がいるものだから、つい差し出た真似《まね》をした。

「わざとじゃなくてもこういうときは、『ごめんなさい』しなきゃダメよ」

そう説くと、リュウくんはびっくりしたように目を丸くした。

「そうなの、俺が悪いの？」

みるみるうちに、大きな瞳が潤みだす。リュウくんは鼻をすすり上げ、べそべそと泣きはじめてしまった。

奥様が戻ってきたのは、そんな最悪のタイミングだった。ヒールの音を響かせて泣いている息子に駆け寄り、抱きしめると、美由起をキッと睨みつけた。

「いったいなにがあったんですか！」

「申し訳ございません、実は――」

こういうときはひとまず謝罪をしてから、事情の説明を。だがその前に、唐突に第三者の声が割り込んできた。

「その子がグラスを割っちゃって、その人が謝れって詰め寄ったんだよ」

さっきから食器売り場をうろうろしていた、白髪の女性だった。皺だった人差し指が、真っ直ぐに美由起を指していた。

「まだ小さな子供なのに、可哀想に」

恐ろしいことに女性は、本気でそう思っていた。事実誤認もいいところだった。

その後の奥様の怒りようは、あまり思い出したくもない。サロンに役員と外商員を並べ、「御社の教育はどうなってるの！」とねちねちと責め立てた。「マルヨシさんとのおつき合いも今日限りで」という脅しに屈した役員に、美由起は無理矢理頭を下げさせられた。

「もう二度と、この人の顔を見なくていいようにしてちょうだい！」

奥様の怒りは、美由起の謝罪ごときでは収まらなかった。まだこれから娘にお金がかかるのにと真っ青になりながら、美由起は足元のペルシャ絨毯《じゅうたん》の模様をじっと見つめていた。

いくら上顧客を怒らせたからといって、会社としては勤続十五年の正社員を一方的に解雇することはできなかったらしい。美由起の処分は、二階級降格あたりで落ち着くものと思われた。

それを「顔が見えなきゃいいんだから」と、食堂部門への異動に変更したのは、若社長の独断である。

「権田さん、うちの大食堂なんか利用しないでしょ」

屁理屈《へりくつ》のような言い分ではあったが、役員たちを抑えてくれたのはありがたかった。若社長のことは今も苦手だが、あの一件以来恩義を感じてはいたのだ。

だからこそ、食堂部門できっちり結果を出してやると意気込んでいた。智子を料理長として紹介されたときは、私に任せてくれたのではなかったのかと戸惑った。

だが自社の社員とはいえ、さほど交流のなかった美由起に若社長が手を差し伸べてくれたのはなぜなのか。飲食業の経験がないことは、真っ先に伝えたはずなのに。

考えているうちに、すべてのテーブルの卓上備品を追加し終えていた。余った紙ナプキンと割り箸を手に、美由起はパーテーションの内側へと戻る。

「お帰り。お先に休憩をいただいているわ」

テーブルについて昼食を取っていた智子が軽く手を上げる。リニューアル後のオムライスは今のところ智子と中園にしか作れないから、休憩が取れるだろうかと心配していたが、ちゃんと回せているようだ。

「白鷺さんは、もう帰っちゃったのね」

気の強い女同士なのに、智子は案外カンナを気に入っている。なにか話したいことでもあったのか、どこか残念そうである。

「次のお休みには、またプリンを食べにくるんじゃないですか?」

「あの子って、意外と暇よね」

智子がふふっと、唇を尖らせて笑う。

「夜中に近所のコンビニで、プリンを買っているのを見かけたわ」

「本当にプリンが好きなんですね」

カンナの自宅はマルヨシ百貨店の近所だと聞いている。智子も東京から通うのは面倒だと、この近くにワンルームマンションを借りていた。最寄りのコンビニもおそらく同じなのだろう。

「私もお腹が空きました。前場さんはなにを食べているんですか？」

「ああ、海鮮丼」

「えっ！」

ぎょっとして智子の手元を覗き込むと、たしかに海鮮丼だ。マグロ、サーモン、赤エビ、イカ、シメサバに錦糸卵。これだけ載って千円ぽっきりのお得メニューである。

智子はさらに驚くべきことを言う。

「八反田チーフにお願いして作ってもらったの」

ならば二人はすでに和解したのか。厨房をそっと窺うと、クリームソーダを作っていた臼井さんと目が合った。美由起の困惑を察したか、眉尻を下げて首を振る。

和解したわけではなさそうだ。美由起も気をつけて見ていたが、昨日の一件以来二人は険悪なままだった。それなのに唐突に、「海鮮丼を作って」と頼んだのか。

空気を読まない智子なら、やりかねない。

「ふぅ、お腹いっぱい」

最後のひと粒の米まで綺麗に食べて、緑茶を啜る。醤油の小皿にも、余分な醤油が残っていない。智子は「ごちそうさま」と静かに手を合わせた。

片頬を持ち上げてにやりと笑う、そんな智子こそ、なにかしらの悪だくみをしていそうだった。

「とびっきり美味しいのを作ってあげるわ。見てて」

惑っているうちに、智子が「決まり！」と立ち上がる。

空腹だから今ならどんなメニューでも胃に入りそうだが、勝手に決められるいわれはない。戸
「はっ？」

「だったらランチは、エビフライ定食にしなさいよ」

「あ、はい。そうですね、もらいます」

「次、休憩入る？」

四

智子の「見てて」は文字通り、傍で見ていろという意味だった。

洋食部門のカウンターの前に陣取り、厨房の中を覗き込む。洋食部門と和食部門の間には二つに仕切られたフライヤーがあり、そこでちょうど八反田がエビの天麩羅を揚げていた。

天麩羅蕎麦《そば》のエビらしい。ふんわりと揚がったエビを見ていたら、お腹が小さく鳴ってしまった。

エビはフライにするより天麩羅のほうが美味しいという智子の指摘は、たしかにその通りかもしれない。アラフォーだからか、粗めのパン粉が油を吸い込んでしまうエビフライは胃に重い。

どちらかといえば、揚げたての天麩羅をしゅわっと食べたい。

でも、これから智子が作るのはエビフライ。作業台の上のバットには、パン粉をまぶされたエビが並んでいる。

「これじゃなくって、衣をつける前のがほしいんだけど」

「え、だってエビフライすよね」

「そうだけど、下処理をしただけのエビをちょうだい」

エビフライを作ると聞き、中園が気を利かせて冷蔵庫からバットを取り出しておいたようだ。

智子のダメ出しを食らい、唇を尖らせる。

「ほら」

目当てのエビは、思わぬところから提供された。天麩羅を揚げ終えた八反田が、顔を背けたまま智子に向かってバットを突き出す。キッチンペーパーを敷いた上に、殻を剝《む》き、下処理を施されたエビが整然と並んでいる。

それを見て智子は、満足げに目を細めた。

「ありがとう」と素直に受け取る。八反田はむっつりとした横顔を見せたままだった。

「副料理長は、茹《ゆ》で卵とタマネギとパセリを刻んどいて」

「人使い荒いな！」

文句を言いながらも中園は、サラダ用の茹で卵を手に取っている。命令が体に入りやすいタイプである。

「タルタルソースまで作る気かよ。ピクルスねぇすけど」

「うん、だから福神漬けも刻んどいて」

「は、なに?」

「福神漬けよ、カレー用の」

それなら業務用のものがたっぷりとある。着色料不使用だから、ソースに色がつくおそれもない。

「へぇ」と興味深げに目を瞬かせ、中園はさっそく指定された材料を刻みだした。

エビフライを作る智子はまずはじめに、パン粉の袋を手に取った。

向かう先はフードプロセッサーだ。パン粉を入れて、一気に掻き回す。出来上がったのはもちろん、さらさらとした目の細かいパン粉である。

「目の粗いパン粉はそれだけ油を吸うわ。あなたくらいの歳ならもう、胃もたれするでしょう」

大きなお世話だ。でもまさにその通りだから、なにも言い返せない。

「はい、できたっすよ」

速い。細かく刻んだ材料をボウルに入れて、中園が智子のほうへと押しやる。本当に、福神漬けが入っている。

「じゃあそれに、マヨネーズと塩コショウ。マヨネーズは先に大匙《おおさじ》二分の一の牛乳で延ばして」

「ああもうホント、自分でやれってんすよ」

それでも中園はマヨネーズと牛乳を取りに冷蔵庫へと向かう。一方の智子はもう、溶き卵と小麦粉を混ぜ合わせ、エビフライを揚げる準備をしている。

スタッフの作業を見守るときのように、八反田が腕を組んでその様子を眺めていた。技量を見極めんとする眼光に、美由起ならば身が竦《すく》みそうだ。

しかし智子は動じない。慣れた手つきで八反田が下処理をしたエビを卵液にくぐらせ、先ほどのパン粉をまぶしてゆく。

じゅおっ！

ついにエビが四尾、熱された油の中に解き放たれた。尻尾がたちまち赤く染まり、しゅおしゅおと細かな泡が立ち上がる。食欲をそそる音である。

しばらく油の中で転がして、きつね色になったら引き上げて油を切る。中園がキャベツの千切りを皿に盛って差し出すと、智子がそこへエビフライを並べた。さらに中園がその脇に、スプーンでタルタルソースを添える。

流れるようなコンビネーションだ。口さえ開かなければこの二人、実は息が合っているのではないだろうか。

「はい、完成」

ご飯を盛り、味噌汁をよそい、お新香をつければそれはエビフライ定食だ。からっと揚がった衣があまりにも美味しそうで、美由起はごくりと生唾を飲んでしまった。

パン粉が細かくなったぶん、エビフライは従来のものより小さく見える。しかし四本も並んでいれば、物足りなさは感じない。真っ直ぐにピンと伸びた、美しいエビフライである。

「これなら16／20でも、残念な感じはしないと思うわ」

テーブルについた美由起の傍らに立ち、智子が一人で頷いている。

「でも昨日は、ワンサイズ上げられないかって言ってたじゃないですか」

「あれは、粗めのパン粉とのバランスよ。大きさがないと、食感で負けるでしょ?」

つまりエビの大きさが変えられないなら、パン粉を変えてしまえというわけだ。言われてみればいつものエビフライは、ざくざくとしたパン粉の歯応えしか思い出せない。

「ほら早く、熱いうちに食べなさいよ」

自分からサイズの話を持ち出しておいて、急かしてくる。おそらくこれはエビフライもリニューアルしませんかという、智子からのプレゼンなのだ。

しかし変えたのはパン粉の大きさだけ。中身のエビが同じなのだから、それほど違いがあるとは思えない。

美由起はさほど期待せず、「いただきます」と箸を取る。エビを一本つまんで、ソースをつけずにまずはひと口。

「んっ!」

驚きのあまり、齧ったとたんに声が出た。

「ぷりっぷりで甘い。えっ、どうして?」

もしやこれは、別のエビなのか? 嚙むごとに身がぷりぷりと弾け、じわりと舌に甘みが広がる。軽い衣もしゃくしゃくと、あくまでエビのサポート役に回っていた。

「八反田チーフの下処理がいいからよ」

八反田とは、冷戦中ではなかったのか。智子はなぜか誇らしげに胸を張る。

「昨日のエビフライを食べてから気になって、八反田チーフの仕事を見ていたの。とにかく丁寧ね。エビの解凍にしても氷水でやっていたし、汚れを取ったあとに卵白を揉み込んでたわ。魚介類の下処理は、八反田チーフが全部やっているのね」

　厨房で八反田を睨みつけているると思ったら、そんなところを見ていたのか。

　エビの解凍はビニール袋に入れて流水を当てる方法が一般的だが、それだと臭みのあるドリップが出てしまう。一方ビニール袋のまま氷水に浸けておけば、時間はかかるが低温を保ったまま解凍されるので、エビの臭みが出にくく旨みも逃げないのだという。

　さらにエビの身に卵白を吸わせておくと、熱を加えたときに身の中で卵白が膨張し、いっそうぷりぷりとした食感になるそうだ。

「知らなかった。私、袋にも入れず流水解凍してました」

「真水はダメよ。浸透圧の関係で旨みが全部流れ出るから。袋に入れないなら、塩水に浸けておきなさい」

　どうりで美由起が家で作るエビ料理は、身がぼそぼそになってしまうわけだ。娘の美月のためにもこの知識は、頭に叩き込んでおこう。

「でもいつものエビフライだって、下処理をしていたのは八反田さんでしょう?」

「そうよ。言ったでしょう、パン粉とのバランスが悪かったの」

「だからって、甘みまで」

「味蕾《みらい》に触れるのがほとんどパン粉じゃ、甘さも感じづらくなるでしょう」

　智子の説明は、一応納得のいくものだった。けれども舌がまだ、信じられないと言っている。

　そのくらい、このエビフライは美味しい。

　美由起は半ば呆然としつつ、今度はタルタルソースをつけて齧ってみた。

「んー！」

あまりの衝撃に、背筋がぴんと伸びてしまった。

なんだこれは。パン粉を細かくすることで失ってしまった歯応えを、福神漬けが補っている。酸味と甘みのバランスが絶妙で、マヨネーズを牛乳で溶いてあるせいか、しつこくもない。

興奮を抑えきれずに、美由起は智子を振り仰ぐ。

「どうしよう。このエビフライなら、十本くらい食べられちゃうかも！」

「太るわね、それは」

絶望的な事実を口にして、智子は得意げに笑って見せた。

五

智子の作ったエビフライは、ご飯との相性もばっちりだった。ソースに福神漬けが入っているのだから、ご飯が進まないはずがない。

いつもなら少し多いと感じる茶碗があっという間に空になって、これは本当に太るかもしれないと慄《おのの》いた。

「それで、どうかしら。エビフライのリニューアル」

「ええ、これでいきましょう！」

智子に問われ、迷いもなく即答した。原価は変わらず、むしろタルタルソースが自作になるぶん、若干安くなるかもしれない。それで段違いに美味しくなるのだから、やらないという選択肢はなかった。

「よかった。今のままじゃせっかくの丁寧な仕事がもったいないものね」

料理に関しては素人どころか大の苦手の美由起では、八反田の仕事を評価することができなかった。なにせ、エビの下処理のしかたも知らなかったのだから。

「もしかして、昨日エビフライを食べたときからこれを考えていたんですか？」

「もちろん。私、ああいう地味で細かい仕事ができる人、嫌いじゃないのよね」

その当人に喧嘩をふっかけておいて、よく言える。そう思っていたのなら、もっとましな伝えかたがあっただろうに。智子は人間関係が不器用すぎる。

「海鮮丼も美味しかったわ。とてもデパ地下で買えるものとは思えないくらい。あれも処理がいいんでしょうね」

「いいや、それは違う」

唐突に、低い声が割り込んできた。振り返ると厨房から出てきた八反田が、調理用帽子を握りしめて立っている。

「そもそもデパ地下の海鮮はクオリティが高いんです。流通がよくなっているから」

眉間にぐっと皺を寄せ、迫力のある顔で言い募る。

「そりゃあ一流の寿司屋みたいにはいきませんが、そんじょそこらの店よりゃ絶対にいいものが入ってますよ」

八反田は、昨日の件を謝ってもらいたいのだろうか。話し終えると目をぎょろりとさせて、智子を睨む。

威圧的にこられると、智子も引かない。さっきまで八反田を褒めていたくせに、腕を組んで睨み返す。漫画なら確実に、火花が散っている。

「ああ、もう。待って待って」

中園が、慌てて間に割り込んできた。八反田ではなく智子のほうを向いて、手で押し留めようとしている。中園の目には、智子のほうが危険人物に映るらしい。

「やめてくださいよ、八反田さんを虐《いじ》めるのは」

「は？　なにを言ってるのよ」

いいがかりをつけられて、智子が一歩前に出た。つられて中園が上体を引く。

「怖いんすよ、アンタ。体格もいいし」

「それは八反田チーフも同じでしょうよ」

「違うっす。八反田さんはこう見えて、めちゃくちゃ気が弱いんす！」

そんなまさか。このいかにもな強面が？

美由起はまじまじと、鬼瓦にも似た八反田の顔を見つめてしまった。

「ちょっと、中園くん」

中園の厨房服の袖を引く八反田は、首まで真っ赤に染まっていた。

「嘘でしょう？」

これにはさすがの智子も唖然《あぜん》としている。だったら、昨日の女性蔑視発言はなんだったのだ。

「八反田さん、大丈夫すよ。俺がついてますから。ほら、謝りたいって言ってたじゃないすか」

悲惨なことに繊細さの欠片《かけら》もない中園は、八反田の羞恥に気づかない。元気づけるように背中に腕を回し、前に押し出した。

智子と至近距離で向き合うことになった八反田は、「あの」と言ったきり、もじもじしている。食堂部門に異動してもうすぐ二ヶ月になるが、こんな告白を控えた乙女のような八反田を見るのははじめてのことだった。

「昨日の発言は、すみません。つい、カッとなってしまって」

八反田の印象が、面白いほど崩れてゆく。話しかけるのも怖かったのに、だんだん可愛く見えてきた。

「べつにいいわよ。この業界にいると、よく言われることだから」

「いいえ、いけません。自分も男のくせにと散々言われてきたのに、言葉で人を殴ってしまった」

「そうっす。板前修業時代に八反田さんは、いっぱい傷ついてきたんす！」

擁護のつもりなのかもしれないが、中園のほうが、声が大きい。八反田はまた、恥じるようにうつむいてしまった。

下積みの長い板前の世界は、上下関係が今も厳しい。店にもよるが、パワハラのような仕打ちを受けることだって珍しくはないだろう。八反田は見かけよりずっと大人しいところに目をつけられて、兄弟子からちょっかいをかけられていたらしい。

「回転寿司に移ったら移ったで、立ちっぱなしでシャリを握り続けなきゃいけないんす。もう寿司を握るだけの機械っすよ。職人の、いいや、人間の仕事じゃなかったんすよね?」

自分の経験でもないのに、中園は目を潤ませている。八反田が大食堂に移ってきた十年前には、中園はすでに勤続七年だ。仕事中の八反田はあまり喋らないから、仲がいいことすら知らなかった。

「ウチに来たばっかのとき、マグロのブロックを見て『回転寿司なんかよりはるかにものがいい』って泣いてたじゃないすか。ねぇ、八反田さん」

「あの、中園くん。もうそのへんで――」

中園が熱くなればなるほど、八反田は真っ赤になってゆく。見ていてだんだん、気の毒になってきた。

「そう。だからデパ地下のクオリティと言われて怒ったのね。悪かったわ」

「いいえ、自分こそ」

「頭なんか下げないで。この業界では、先輩なんだから」

だとしたら先輩に対する態度ではないと思うが、智子は腰を深く折る八反田の背中を軽く叩く。

それでも八反田は、なかなか顔を上げようとしない。

「いや、八反田さんが後輩じゃないすか？」

先輩、後輩の区別が厳しい世界にいた元ヤンの中園が首を傾げる。智子はたしか、四十三歳。もしかすると八反田は、板前の修業に入る前に、別の業種で働いていたのだろうか。

「ええっと、マネージャーがおいくつでしたっけ？」

「三十八です」

中園に問われ、正直に答える。すると八反田は、弾かれたように顔を上げた。

「あ、じゃあ同じです」

「えっ?」

あまりにも予想外の事実を突きつけられ、脳が一時停止する。

「何年生まれすか?」という中園の質問にも、美由起は呆然としたまま答えた。

それを受けて、八反田が自分自身を指差す。

「なら、学年も同じですね」

「えええええーっ!」

それはもう、絶叫に近かった。エビフライが驚くほど美味しくなったことよりも、八反田が見た目に反して大人しかったことよりも、なにより一番の衝撃だった。


晩ご飯は、なににしよう。

営業時間を終え、片づけを済ませてから、美由起はぼんやりとロッカールームで着替えていた。今日はハラハラすることも驚くことも多くて、なんだか疲れた。遅めの時間にボリュームのある昼食を食べたから、実はあまり空腹でもない。だが娘のためには、なにか作ってあげなければ。

「お疲れさま」

鏡越しに、智子が入ってくるのが見えた。ロッカーは美由起の隣だ。声をかけられ、こちらからも同じ挨拶を返した。

ロッカールームは帰り時間のかち合った女子社員で溢《あふ》れている。皆制服かスーツだから、智子の厨房服はよく目立つ。

「エビフライのリニューアルは、いつにする?」

厨房服の上を脱ぎ、黒のTシャツ姿になった智子は、左腕だけがわずかに太い。贅肉《ぜいにく》ではなく、筋肉だ。重いフライパンを振ってきた証《あかし》である。

「そうですねぇ。特訓期間は必要ですか？」

「いいえ。あれなら洋食部門全員が作れるわ」

「だったら、三日後にしませんか」

「なぜ？」

「SNSのアカウント取得許可が下りたんですよ！」

その知らせはちょうど、券売機の締めをしているときに、ラップトップにメールで届いた。公式アカウント利用規約なる七面倒なものまで添付されており、これを作成するために時間がかかったらしかった。

「おめでとう。でもなぜ三日後？」

「私が少し、SNSに慣れなければと」

「あら、今どき珍しく使ってないの？」

「前場さんはやってます？」

「個人ではやってないけど、前の店ではやってたわよ」

智子の前の職場は、中目黒にあるというビストロだ。そういえば、なぜその店を辞めてここに来たのか。若社長は引き抜いたと言っていたが、それほどおいしい条件の提示があったのだろうか。

でもそれは、こんなに人がいる場所で聞くことではない。美由起はひとまず中目黒のビストロを、頭から追い出すことにした。

「それにしても美味しかったです、エビフライ。福神漬けは、とっさに使おうと思いついたんですか？」

脱いだ厨房服の上を丸めてトートバッグに詰めようとしていた智子が、ふいに手を止める。しばらくなにかを考えているようだったが、すぐに厨房服の下も脱いで丸めはじめた。

「あれは、父のレシピだわ」

「お父様も料理人だったんですか！」

「料理人ってほどじゃない。田舎の小さな洋食屋よ。ピクルスがどうしても手に入らなくて、店にあった福神漬けを使ってみたってだけ」

「へぇ」

では智子が料理人を志したのも、父親の影響が大きかったのだろうか。

「いいですねぇ、小さな洋食屋さん」

「ま、とっくに潰れたけどね」

それはまるで、突き放すような言いかただった。美由起はびっくりして、「はぁ」と気の抜けたような声を出す。これ以上は踏み込むなと、線引きをされたらしかった。

父親とは、そりが合わなかったのだろうか。でもそれならば、福神漬けのタルタルソースをわざわざ作らないだろう。

なんだかすっきりしないと思いつつ、後ろに引っ詰めていた髪を解《ほど》く。智子はまだまだ、分からないことばかり。そしてまた、それを知りたくなっている自分に驚く。

「じゃ、お先」

ロッカーのドアを閉め、智子がトートバッグを肩にかける。

「はい、お疲れ様です」

智子の一歩は大きい。女子社員の間を縫いながら、あっという間に部屋を出てゆく。

美由起も着替えは終わっていたが、途中まで一緒に行きましょうとは言えなかった。

追憶のナポリタン

一

ベランダの窓越しに、空を見上げる。つけっぱなしのテレビで天気予報を確認するまでもなく、今にも雨が零れてきそうだ。ここ数日は、降ったり止《や》んだり。傘の手放せない季節になってしまった。

ただでさえ狭い２ＤＫのアパートに、伸縮式のハンガーラックを広げておくのは場所塞《ふさ》ぎである。部屋干し用の洗剤を使っていてもどことなく生乾きの臭いがするし、昨日の洗濯物もまだしっとりしている。

思いきって、乾燥機能つきの洗濯機に買い替えてしまおうか。いや、でも電気代が――。

こんなふうに自問自答して、けっきょく買わないのも毎年のことだ。

昨日の洗濯物と区別がつくようにラックに干していきながら、瀬戸美由起はダイニングキッチンを振り返る。

「美月、なにしてるのー」

娘の美月はすでに通学準備を終えているものの、いつまでもぐずぐずとスマホを弄《いじ》っている。どうしたものかと悩みはしたが、この春に学童をやめることになり、もしものためにと持たせた格安スマホだ。学校に持って行くのは禁止されているから、出かける前は未練がましくなる。

「そのへんにしとかないと、遅刻するよ」

声をかけると、美月は椅子からぴょんと飛び降りた。スマホは置かず、「ねぇ、ママ」と身を寄せてくる。

「すごいね、これ。超綺麗」

美由起は差し出されたスマホを覗き込んだ。画面に表示されているのは、マルヨシ百貨店大食堂のSNSだ。上層部の許可がやっと下り、美由起が管理しているアカウントである。美月は先日からメニューに加わった、虹色クリームソーダの写真に見入っていたのだ。

「えっ、なんで見られるの？」

そのSNSはたしか年齢制限があり、十三歳未満はアカウントが作れなかったはずだ。美月は今年でやっと十一歳である。

「アカウントがなくても見るだけならできるよ。ブラウザからページを開けばいいんだもん」

「あ、そうなんだ」

知らなかった。こういった技術は子供たちのほうが、あたりまえのように吸収して使いこなす。スマホを買い与えてからまだ二ヶ月も経《た》っていないのに、すでに母は完敗だった。

「前に大食堂で食べたときは、こんなのなかったよね。ママが考えたの？　すごいね」

「そ、それほどでも」

商品は見せかた次第とアドバイスをくれたのは受付嬢の白鷺カンナで、多色展開を提案したのはスイーツ部門の臼井さんだが、娘には少しばかりいい格好をしたくて美由起は鼻の下をこする。

商品開発に関わってはいるのだから、べつに嘘ではない。

「『飲食なんてやったことないよ』って落ち込んでたのに、頑張ってるんだね。偉いね」

「美月――」

うっかり瞳が潤んでしまった。食堂部門への異動が決まったとき、たしかにそう言って頭を抱えていた。美月相手に愚痴を零した記憶はないのに、子供は本当によく見ている。

「今度、このクリームソーダ奢《おご》ってね。私、ピンクがいい」

「まぁ、おねだり上手！」

しっかり者の美月は、ちゃっかり者でもある。秀でた額を軽く指で弾《はじ》いてやると、えへへへと肩をすくめて笑った。

「ほら、もう行かないと。あ、ミサキちゃんちにはテーブルの上のお菓子、忘れずに持ってってね」

「分かってるよ」

「なにかあったら電話して」

「べつになにもないってば」

今日は金曜日。美月は友達の家にお泊まりの予定だ。学校からいったん帰ってランドセルを置いて行くというので、手土産を用意しておいた。

ミサキちゃんは一年生のころからの仲良しで家の行き来も多いから、向こうのお母さんとも気安い仲だ。そういった友達がいてくれると、親としては安心感がある。

「ミサキちゃんのパパとママによろしくね。ちゃんとご挨拶するのよ」

「分かってるってば、しつこい。行ってきます！」

気遣い上手の美月でも、口うるさくされると逃げたくなるらしい。小走りをしてダイニングテーブルにスマホを置くと、椅子の背に掛けておいたランドセルを取り上げた。

色はオーソドックスな赤。美月の希望も聞かずに元夫の母親が買ってきたものだが、文句も言わずに使い続けている。

「行ってらっしゃい！」

仕切りのドアを開けっ放しにしてあるから、玄関までは一直線だ。美由起は洗濯物を手にしたまま、靴を履く娘に声をかけた。

美月が行ってしまうと、テレビの音が急に大きくなった気がする。山羊《やぎ》座の今日のラッキーアイテムは、万年筆。そんなものは持っていないが、美月が「偉いね」と言ってくれたから、無条件にいい日である。

「さてと」

洗濯物を干し終えて、腰を伸ばす。いつもなら朝のうちに夕飯の下拵えを済ませるのだが、美月がいないならサボってしまおう。久しぶりに、ラーメンでも啜って帰るのもいい。

低く垂れこめた雲から雨が零れはじめたようで、窓ガラスに斜めの水滴が走った。

SNS効果なのか、すっきりと晴れ上がった空への渇望ゆえか、虹色クリームソーダの売れ行きは好調だった。

観光客が激減する梅雨時というのに、いつもの客層とは違う若い女性グループの姿が目立つ。

カンナのアドバイスによりSNSの投稿に「#推し色」というハッシュタグを入れたせいか、アイドルやアニメの話をしているのが洩れ聞こえてくる。ファンたるもの、推しのイメージカラーに染まらずにはいられないようで、そういった熱意が経済を回しているわけである。

この街はいくつかのアニメの舞台にもなっており、いわゆる「聖地巡礼」も盛んだ。この調子で拡散されてゆけば、梅雨明けには大繁盛かもしれない。そんなに甘いものではないと分かっているが、想像するとつい口元が緩んでしまう。

「ねぇ、マネージャー。これはちょっとよろしくないわよ」

だからホールの山田さんに声をかけられたときも、美由起は半笑いのまま振り返ってしまった。

山田さんのトレイには、テーブルから引いてきたらしいクリームソーダのグラスが五つ載っている。そのうち口をつけた形跡があるのは二つだけ。あとの三つは手つかずのまま、アイスも氷も溶けきっている。なにごとかと、美由起は慌てて顔を引き締めた。

「これ頼んだの、二名様。写真だけ撮って、いらないぶんは残していったの」

五枚の食券を受け取ったときから、悪い予感はしていたらしい。すると案の定、五色のクリームソーダを並べて写真を撮るまでは楽しそうだったのに、それをSNSに上げてしまうと、とたんに冷めた目つきになったという。

「ああ、『映《ば》え』狙いですか。困りましたね」

こういったケースは、実ははじめてではない。これまでにも何度か、飲みきれない量を頼む人たちがいた。チョイスされる色は決まって赤、青、緑、黄色、紫の五色。それをイメージカラーとする、五人組の男性アイドルグループがいるからだ。

特定のメンバーだけでなく、グループ全体を応援する「箱推し」なるものがあるらしく、おそらくそれと思われる。ファンのマナーの悪さはグループのイメージまで下げることになるだろうに、そこに考えが及ばないのだ。

「向こうとしてはさ、お金払ってんだからいいじゃんって話かもしれないけど、アタシみたいなオバサンからするともったいなくってねぇ。マネージャーはどう？」

「私も、売り上げになるからべつにいいとは思えないです。食品ロスに繋がりますし、作り手の気持ちだって」

普段は大人しい臼井さんが、「この大食堂に虹をかけたい」と言った。その気持ちを尊重したい。ＳＮＳ映えのしそうな商品を開発した時点でこうした事態を想定して、対策を打っておかなかった自分の落ち度だ。せっかくの虹を、曇らせてしまうわけにはいかない。

「入り口のショーケースと券売機に、注意書きを入れます。すぐ作りますね」

「うん、お願い。それでも食券を買いすぎている人には、ホール側で対応するわ」

「すみません、お手数を」

「いいってことよ」

飲食業の勝手がまだ摑めていないから、ベテランホールの山田さんの存在は心強い。美由起は「ありがとうございます」と丁寧に腰を折る。

注意書きの文面は、『飲みきれない量のご注文はご遠慮ください』でいいだろうか。パーテーションで区切られた座席に座り、美由起はラップトップパソコンを開いた。

二

「なるほどねぇ。写真のためだけに料理を注文する人って、本当にいるのねぇ」

午後三時、昼休憩に入ったタイミングで先ほどの報告をすると、料理長の前場智子はむしろ感心したように目を見開いた。

銀座の老舗洋食店、ホテルフレンチ、中目黒のビストロと、飲食業界を渡り歩いてきた智子である。これまでSNS映え目当ての迷惑客に遭遇したことがないというのは、むしろ意外だ。

「だってほら、単価がそこそこ高い店ばかりだったから」

それもそうか。クリームソーダ一杯三百五十円の気安さが、無駄な注文を生んでしまうのだ。かといって、気軽に頼めない値段にできるわけもない。やはり店側からのアナウンスを徹底するしかないようだ。

「だから私、ナポリタンって作ったことがないのよね」

「えっ?」

急に話が逸れた。美由起は目を瞬き、テーブルに片肘をつく智子を見遣る。

「それは、驚きですね」

ナポリタンくらいなら、美由起でも作ったことがある。味つけがケチャップソースという手軽さが料理下手にはありがたく、失敗が少ないから美月も喜んで食べてくれる。

それゆえに、ナポリタンで金は取りづらい。高くても千円程度に収めないと、客は納得しないだろう。洋食の一種ではあるが、智子が勤めていたという老舗洋食店のメニューにはなかったらしい。

「まさか、食べたことも？」

「それはあるわよ」

「ですよね」

美由起たちが子供のころ、ナポリタンは古臭い食べ物だった。煙草《たばこ》のにおいが染みついた喫茶店で、おじさんたちがコーヒーと一緒に注文するものだ。それが近年では見直され、専門店ができるほどになっている。古臭さがさらに時を経て味になった、「昭和レトロ」メニューの一つである。

マルヨシ大食堂でも当然のごとく、ナポリタンは提供している。一人前六百円というリーズナブルさだ。もしや次は、ナポリタンのてこ入れをしようというのか。

そう思っていたら副料理長の中園が、ナポリタンの皿を持って厨房から出てきた。

「ほらよ。自分が食うもんくらい、自分で作れってんですよ」

ケチャップソースを纏った真っ赤なナポリタンから、ふわりと白い湯気が上がる。具はソーセージ、タマネギ、ピーマン、マッシュルームである。

「ありがとう。ついでに小皿と、フォークをもう一本ちょうだい」

「なんすかそれ。自分で動いてくださいよ」

文句を言いつつも中園は、厨房に引き返して頼まれた物を持ってきた。目つきは悪いが、面倒見のいい男である。

「マネージャーも、少し食べて」

食べきれない量でもなかろうに、智子は小皿にナポリタンを取り分けた。断る隙もなく、美由起は「はぁ」と曖昧に頷く。フォークを添えて押しやられたので、仕方なく智子の向かいの椅子を引いた。

もしかして、試作品の味見だろうか。中園も仕事には戻らずに、立ったまま智子と美由起が食べるのを待っている。

見た感じ変わったところはなさそうだが、ともあれひと口。フォークに巻きつけ口に入れたとたんに、「あれっ？」と疑問符が頭に浮かんだ。

ほんのりとした甘みと酸味のバランスが取れた、ケチャップソースの味は変わらない。具材もいつも通り。なのになんだか、舌に触れる感触が違う。

「あ、分かった。パスタの種類を変えましたね？」

従来のパスタは柔らかく、モチモチとした食感だった。だがこれは歯ごたえがあり、麺の表面もつるりとしている。

「残念ながら、使っているのは同じパスタよ」

「えっ、そうなんですか」

明確に、違うと思ったのに。自分がグルメでないことは分かっているが、そこまで味音痴だったとは。

「違うのは、作りかた。どうかしら。いつものと比べて、どっちが美味しい？」

「ええっと――」

味音痴を自覚した直後にそう聞かれて、狼狽えた。どっちと答えるのが正解なのだろう。

「そりゃあ、いつものほうすよ」

逡巡する美由起をよそに、中園が横から口を挟む。

「ナポリタンってのは、洋食のふりをした日本料理すよ。イタリアンなアルデンテとは、相性がイマイチっす」

「そう、あなたと白鷺さんみたいなものね」

「な、なんでそんなこと言うんすか！」

得意げに語る中園をチクリと刺し、智子は口元を紙ナプキンで拭う。その顔にも、イマイチと書いてある。

正直な感想を言えば、美由起も従来のナポリタンのほうが好みだった。モチモチとした食感のほうが、ケチャップソースには合う気がする。

「茹で時間が違うんですか？」

アルデンテくらいは美由起にも分かる。髪の毛の細さ程度に芯を残し、パスタを茹で上げることをいう。長く茹でればそのぶん麺は、ふやけて柔らかくなるだろう。

美由起の素朴な疑問に対し、智子は呆れたようにため息をついた。額に手を当て、首を振る。

「あなたもうちょっと、料理に関心を持ったほうがいいわよ」

心外な。料理を作るのは苦手でも、食べるのは好きなほうだ。大食堂のメニューも三十種類以上あるが、ひと通りは制覇している。

「ともあれ、いつものナポリタンも作ってみましょう」

美由起からの釈然としない視線を感じたか、智子が膝を叩いて立ち上がる。ナポリタンの皿は、すでに空になっていた。

「でもまだ、休憩が」

「べつにいいわ。見てて」

休憩時間がまだ半分以上も残っているのに、智子は調理帽を被《かぶ》り直すと、厨房に戻って行った。

またもや「見てて」だ。そこまで言うなら、違いを目に焼きつけてやろうじゃないか。

美由起もまた、スーツの袖を腕まくりせんばかりに立ち上がった。


麺部門の大鍋で、大量のパスタが茹でられている。

並みの量でない。聞けば業務用四キロ入りを、一袋まるまる投入しているのだという。

たしか一人前は、百グラム。きりのいい数字だから覚えている。ということは、ざっと四十人前だ。

「ピークタイムはうどんや蕎麦やラーメンで大鍋が塞がっちゃうから、だいたいこのくらいの時間にまとめて茹でてしまうのよね」

智子の説明を、美由起はカウンター越しに聞く。鍋の中で盛大に躍るパスタに、面食らう。

「でもこの時間じゃ、今日中に捌けないじゃないですか」

それにパスタというのは、食べる直前に人数分ずつ茹でるものだ。四十人前も、どうするつもりだ。

「だからあなた、もう少し厨房がなにをやっているか、見ていなさいってば」

智子に呆れられるのも無理はない。ホールの客が減ってくると美由起は事務仕事に意識を取られ、厨房の様子などほとんど見ていなかった。

「四キロを、毎日茹でてるの？」

「毎日ですね」

答えたのは麵部門のチーフ、辰巳《たつみ》くんだ。色が白く、顎と首の境目が曖昧で、本人の佇《たたず》まいもなんとなく麵っぽい。動物に喩《たと》えるならチンアナゴである。表情に変化がないので、感情が読み取りづらかった。案外、なにも考えていないだけなのかもしれないが。

セットしておいたタイマーが鳴り、辰巳くんが特大の金笊にパスタを空ける。もうもうと湯気が立ちのぼり、シンクがベコンと音を立てた。あの大鍋を取り扱うのだから、細く見えても筋力はあるのだろう。

続いて辰巳くんは水道の蛇口をひねり、流水でパスタを締めはじめた。うどんや蕎麦じゃあるまいにと思ったが、もはやなにも言うまい。黙って見守ることにする。

水切りしたパスタはその後サラダ油をまぶされ、ボウルに移された。いよいよそれで、ナポリタンを作るのか。しかし辰巳くんはそのボウルを作業台に放置して、冷蔵庫から別のボウルを取ってきた。

「そしてこちらが、冷蔵庫で丸一日寝かせておいたものになります」

料理番組の口調を真似て見せてきた中身は、やはりパスタだ。茹でたてのものよりも、ふやけて白っぽくなっている。

「あれ、ウケない？」

辰巳くんが真顔のまま首を傾げる。ウケ狙いには見えなかったし、なにより美由起は吃驚《びっくり》して笑うどころではなかった。

「まさかこれを使うの？　ナポリタンに」

「そうよ。アルデンテとはほど遠いパスタでしょ」

辰巳くんからボウルを受け取り、智子がニヤリと笑う。ナポリタンは一応、洋食だ。仕上げは洋食部門で行う。

「ずっと、このやりかたなの？」

「そっすよ。前料理長のころからっす」

美由起の質問に答えたのは、隣のコンロでオムライスを作りはじめた中園だ。こちらはオーダーが入ったらしい。

「いくら効率がいいからって、昨日のパスタはちょっと——」

大鍋が空いたタイミングで翌日分を茹でてしまうなんて、暴挙ではないか。もう一つ鍋を用意して、オーダーごとに茹でることはできないのだろうか。

美由起はカウンターに肘をつき、頭を抱える。智子もそれと知りながら、よく一ヶ月近くも放置してきたものだ。

ちらりと横目に窺うと、智子はやれやれと言わんばかりに肩をすくめた。

「そもそもこれが、ナポリタンの作りかたなのよ」

「ええっ！」

美由起でも失敗しない、数少ない料理である。もちろん、茹で上げたばかりのパスタを使っていた。店で食べるナポリタンほど美味しくないのは、単純に技術の差だと思っていたのだが。

「諸説あるけどナポリタンの発祥は、横浜のホテルニューグランドだと言われているわ。そちらではフレッシュトマトを使っているみたいだけど、パスタをひと晩寝かせておくのは同じよ」

そう言いながら智子はフライパンを温め、具材を炒めはじめた。ナポリタンを作ったことがないと言っていたが、さすがに手際はいい。タマネギがしんなりしてくると具材をフライパンの片側に寄せ、空いたところにトマトケチャップとウスターソースを投入した。

「私もフレッシュトマトを使いたいところだけど、ぐっと我慢ね。ここでケチャップの水分をしっかり飛ばしておくと、水っぽくならないわ」

解説が入るのは、隣にいる中園にも聞かせるためか。中園も手際よくオムライスを仕上げ、カウンターに皿を置いた。それを山田さんがさっとトレイに載せる。いい連携だ。

その間に智子は別のフライパンを熱し、ほどよいところでひと晩寝かせたパスタを入れた。ジュッと小気味のいい音がして、一人前の麺が炒められてゆく。

「ナポリタンなんて、パスタ料理としては邪道もいいとこ。焼きそばみたいにパスタを炒めるなんて、イタリア人が見たら卒倒するわよ」

フライパンを小さく動かしながら、智子は案外しっかりと火を入れる。デンプン質の焦げる、香ばしいにおいが漂ってきた。

「パスタはひと晩置いて、モチモチに。さらにそれを炒めて、外側を少しカリッとさせる。いかにも日本人好みの食感よね。たしかにナポリタンは、日本食なんだわ」

よく炒められたパスタが、いよいよ具やソースと合わさる。水気が飛んで赤みを増したケチャップが、みるみるうちに白いパスタを染め上げてゆく。

湯気が甘くて、急にお腹が空いてきた。智子が仕上げにバターを落としたものだから、もう我慢できない。お腹が鳴る前に、美由起は胃のあたりを押さえた。

「はい、出来上がり」

皿に盛られたナポリタンはいつも提供しているものより色が濃く、食欲をそそる香りがしていた。


まだ休憩が終わっていない智子と再び差し向かいでテーブルにつき、ナポリタンを分け合う。手が空いたらしい中園も小皿を持ってやって来たので、味見程度に取り分けた。

さっきのアルデンテのナポリタンより、ソースがパスタによく絡んでいる。ケチャップが飛ばないよう気をつけながら、フォークに巻きつけて口に入れた。

「ん、美味しい！」

口元に手を当てて、目を見開いた。ケチャップの酸味がバターのコクに包まれて、じんわりと甘い。パスタは香ばしさが出るまで炒めたことによりモチモチ感が増し、ぼけたような柔らかさがなくなっている。アルデンテのナポリタンはおろか、いつものナポリタンよりも格段に美味しい。

「くそっ、炒めかたでここまで差が出るんすか」

小皿をすっかり空にして、中園が悔しそうに眉根を寄せた。唇の端に、べっとりとケチャップがついている。

「いつもはパスタを炒めずに、そのままソースに入れちゃってるでしょ。そこで食感の違いが出るの。ケチャップの水分も、飛ばしきれていないのよ」

智子が紙ナプキンを取り、中園に手渡す。「あ、さーせん」と中園は口元を拭った。

「美味しさのコツは、たったそれだけなんですか」

「そうよ。家でもやってみて」

パスタをひと晩寝かせるとなると時間はかかるが、やっていることは簡単だ。少なくとも、美由起でも挑戦してみようかと思えるくらいには。

「でも前場さんだって、ナポリタンを作るのははじめてだったんでしょう？」

「作るのははじめてでも、作っているところはよく見ていたからね」

智子もナポリタンを食べ終えて、懐かしいものでも見るような目を向けてくる。苦笑の滲むその表情に、ぴんとくるものがあった。

「ああ、そっか。ご実家が洋食屋さんだったんですよね」

町の小さな洋食屋なら、ナポリタンはメニューにあるだろう。中園が「え、そうなんすか」と声を上げた。

「そうよ、古臭い洋食屋。私、嫌いだったのよ」

中に入っただけでも料理のにおいが服に染みつくような、大衆的な店だったと智子は言う。祖父が始め、父親が二代目だったという洋食屋だ。時代に取り残された佇まいが、若い智子には野暮ったく感じられたのだろう。

そう聞かされると、なんとなく腑に落ちる。だから智子はこの大食堂を「古めかしい」と揶揄《やゆ》したり、美由起の「昭和レトロ」を打ち出す姿勢に対し、冷笑的だったりするのだ。

「だけど、もうないんですよね？」

「ええ、潰れたわ。設備も外観も味も総じて古かったから、当然なんだけどね。よかれと思ってアドバイスをしても、頑固な父は少しも聞き入れてくれなかった。こんな店継ぐもんかって、若いころはさんざん喧嘩したわ。それでもいつかは地元に戻って、私が小洒落た店に作り替えてやろうと思ってたのに、残念」

智子はおどけたように肩をすくめ、乾いた笑い声を立てた。「あれ、なんでこんな話をしてたんだっけ」と、話の方向性まで見失っている。

「よかれ悪しかれ子供のころに慣れ親しんだ味ってのは、舌にこびりついちゃってるってことね」

パスタをしっかり炒めたナポリタンに、エビフライに添えることになった福神漬け入りのタルタルソース。どちらもたしかに洗練されてはいないが、美由起にとっては新鮮で、どこか懐かしくもある。「古臭い」だの「嫌い」だのと言いながら、智子も本当は、父親の味が好きだったのではないだろうか。

「美味しいですよ、このナポリタン」

フォローのつもりはなく、美由起は本心からそう言った。たぶん今まで食べた中で、一番美味しいナポリタンだ。

「ま、私の腕もいいからね」

智子はしれっと自画自賛をしてみせる。それもまた、事実だろう。父親の味をベースにしつつも、たしかな技術でクオリティを押し上げる。智子がてこ入れをしたかったのは、本当は実家の洋食屋だったのかもしれない。

「前場さんって——」

「え、なに?」

「あ、いえ。なんでも」

だからこの、「古めかしい」大食堂の料理長を引き受けたんですか。そう尋ねかけて、思い直して首を振る。これでは智子の内面に、踏み込みすぎてしまう。父親の店を「嫌い」と言っているうちは、素直に認めてくれない気がした。

「いけない、休憩が終わるわ」

そんなものろくに取っていないくせに、智子は時計を見て厨房に戻ろうとする。考えてみればこの人は、はじめから仕事熱心だった。

「あ。そうだ、マネージャー」

美由起もまた、空になった皿を手に立ち上がる。そのタイミングで、智子が思い出したかのように振り返った。

「今日仕事の後、十分くらい時間取れる?」

美月のために夜はなるべく残業をせず、一目散に帰っている。今夜ならべつに、問題はない。

「はぁ」

なんの用だろうと訝りながら、美由起は「大丈夫です」と頷いた。

三

焼き鳥の煙にがやがやとした店内、流れているのは昭和の歌謡曲。壁に貼られたお品書きがうっすら変色している居酒屋で、美由起は智子と向かい合っていた。

驚くほど早く来た生ビールを飲みながら、なんでこんなことにと首を傾げる。はじめはそのへんでコーヒーでもという話だったのに、娘が泊まりでいないと告げると、行き先が変更になってしまった。

しみじみと、ビールが美味しい。喉が渇いていたこともあり、ジョッキを一気に半分ほど空け、プハッと顔を上げる。智子が意外そうにこちらを見ていた。

「あなた、けっこういけるくちなのね」

「嫌いではないですけど、なにぶん久し振りなので」

美月といるとしっかりしなきゃと思うから、アルコールは家でも摂《と》らない。弱くなっているかもしれないから、ペースには気をつけねばと気を引き締める。

「あ、もうすぐ着くって」

お通しをつまみながら、智子がスマホを操作する。もう一人、白鷺カンナが合流する予定である。そもそも「時間取れる?」と聞かれたのは、カンナから話があると持ちかけられていたからだった。

家が近いという事情もあって、智子とカンナは連絡先を交換していたらしい。いつの間にと驚くのは、美由起にとってはよくあることだ。学生時代からなぜか、周りの友人たちは美由起の頭を飛び越えて仲良くなってゆく。

「白鷺さんが来るなら、もうちょっとお洒落な店のほうがよかったんじゃ？」

「平気よ。だってここ、あの子のオススメだもの」

それにもまた、驚いた。カンナみたいな子は、ボサノバがかかっているカフェバーなんかに行くんじゃないのか。店内では今、山口百恵《やまぐちももえ》が流れている。

「お通しが手作りの揚げ出し豆腐ってだけで、ポイント高いわ。なかなか趣味が渋いのよね、あの子」

そう言われてみれば銀の器に載ったプリンだって、渋いといえば渋いのか。などと考えているうちに入り口の引き戸が開き、白鷺カンナが顔を見せた。

「すみませぇん。チーフに呼び止められちゃって」

おじさん率の高い店内で、カンナの小綺麗なワンピースはやけに目立つ。受付嬢モードの愛らしい容姿が客の視線を集めまくっているが、少しも気にせず席に着いた。椅子はビールケースに座面を置いたもので、中にバッグが仕舞えるようになっている。

「ホッピーセット、黒で」

顔見知りらしい店員に手を振り、カンナがドリンクをオーダーする。若い女の子にしては酒のチョイスも渋い。美由起が二十歳のころは、まだカシスオレンジくらいしか飲めなかった。

「瀬戸さんも、次いきます？」

カンナが気を利かせ、メニュー表を手渡してくる。

慣れない飲みのメンバーに緊張しているみたいだ。ペースに気をつけねばと思ったばかりなのに、ジョッキのビールは早くも指二本分ほどしか残っていなかった。

「ごめんなさい。なにしろ居酒屋さんが十数年ぶりなもので」

料理を頼み、カンナのホッピーと美由起の二杯目のビールが来たところで乾杯をする。智子のレモンサワーは、まだ気持ち程度しか減っていない。一人だけフライングに気づかず走りだしてしまったみたいで、恥ずかしかった。

「そんなに？　スタッフ同士の飲み会とかないんですか」

「あってもほら、私シンママだし」

それに離婚前だって、元夫は子供のいる女が外で飲み歩くことに理解のあるタイプではなかった。つい口を滑らせてそう言うと、カンナが「うわっ」と嫌そうに顔をしかめた。

「そのくせ自分は、外で飲んでくるわけですね」

まるで見てきたかのように言う。それどころか外で浮気もしていたわけだが、さすがに口には出さず胸の内に留めておいた。

「共働きでも、母親の呪縛からはなかなか逃れられないのよねぇ」

智子もまた、骨身に沁みたようである。スピードメニューで頼んだアタリメを、ぶちぶちと奥歯で嚙みちぎる。

「そうだ、前場さんも離婚歴ありなんですよね」

カンナが聞きづらいことを、明日の天気の話でもするように聞いた。これが若さかと、美由起は目を細める。

「そうよ。あなた二十五までに結婚したいって言ってたけど、相手は慎重に選ばなきゃ駄目よ」

「もちろんそのつもりですけど」

「昔は三高なんて言われていたけどね、けっきょくは人間性よ」

「なんですか、三高って」

また古い言葉を持ち出してきたものだ。当然カンナには通じない。美由起は「ええっと」と指を折る。

「高学歴、高収入。あと一つなんでしたっけ」

「さぁ」

「忘れちゃってるじゃないですか」

若者は反応が速い。テーブルに伏せてあったスマホを手に取り、カンナが素早く検索する。

「高学歴、高収入、高身長ですよ。うわ、くだらない」

「くだらないの？」

白鷺カンナが外見を整えてインフォメーションに立っているのは、そういった条件のいい相手を釣るためだと思っていた。サーブされたシーザーサラダも「べつに取り分けとかいらないですよね？」と言って自分の分だけ盛っているし、今の若い子の感覚は新鮮だ。

「そりゃあ、まったくの無収入だと困りますけど。ヒモとＤＶ野郎はお断りなんで」

「じゃあ、どういう人がいいわけ？」

智子もなかなか突っ込んだ質問をする。レモンサワーはあまり減っていないが、すでに頬がほんのりと赤い。見た目に反して酒に弱いのかもしれない。

「そうですねぇ。妻を『お母さん』扱いしない人がいいです」

美由起は胸に手を当てて、「うっ」と息を詰まらせた。美月を産んでからは元夫に、「女というか、もうお母さんにしか見えない」と言われていた。

「夫婦って、言ってみれば家庭の共同経営者じゃないですか。助け合うことが大事で、甘えて寄りかかられても困るんですよね。最低限、自分のことは自分でしてほしいです」

「うっ！」

智子も息を詰まらせて、ばたりとテーブルに突っ伏した。こちらはより重症らしい。

「お二人とも、身に覚えありですか」

「ありどころか、もろに共同経営者だったわよ。前の店の」

「あらら」

美由起はすっかりペースを忘れ、ジョッキを手にする。前の店といえば、若社長が常連だという中目黒のビストロだ。智子はスタッフではなく、経営者だったらしい。

「元夫も料理人だったの。修業してたホテルのレストランの同僚よ。実家の父の店が潰れたとき、いつか自分たちの店を持てばいいと励ましてくれて、そのまま一緒になったわ。だから二人で始めた中目黒の店も、洋食屋みたいな気軽なビストロがいいねって始めたんだけどね。同じように働いていても、私にばかり家事の負担がかかってた。『休みの日まで料理をしたくない』って、そんなの私もだっての」

苦い思いが込み上げてきたのか、智子はレモンサワーを豪快に呷《あお》った。みるみるうちに、顔の赤みが強くなる。

「そういう不満って、一つ一つは小さいんだけど、溜まってくのよ。おまけに店のコンセプトまでずれてきて、空中分解。気軽な店にするはずが、手っ取り早く客単価を上げたがっちゃって。文句を言えば『それじゃ儲からない。親父さんの店みたいに潰す気か』なんて返されて、大喧嘩よ。あんなやりかた、ついてけないわ。トリュフ削り放題とか、いらないのよ。適量ってものがあるのよ！」

「そのお店、若社長と行ったかも。小さめのトリュフが丸ごとついてくるコースですよね？」

「まさにそれ。馬鹿馬鹿しいでしょ、高級食材を手放しにありがたがってる感じが」

「正直私も、こんなにいらねぇって思いましたぁ」

智子は明らかに舌が滑らかになっているし、カンナも愛くるしい笑顔で毒を吐く。美由起は三杯目のビールを注文した。

「あ、焼き鳥きましたよ。ここのカシラが超美味しいんで、食べてください。その壺に入ってる辛味噌がオススメです」

「分かってる、あんたは分かってるわ。トリュフを喜ぶような男とは結婚しちゃ駄目よ」

「べつに、トリュフに罪はないんですけどねぇ」

「黒トリュフと白トリュフの違いを語りだしたら逃げて！」

「うわぁ、それはウザいです」

二人のやり取りを聞いていたら、つい笑ってしまう。女友達といるようなこの感覚が、懐かしい。仕事と育児と家事にかまけていたら、人間関係がすっかり粗略になってしまった。ママ友なら幾人かいるが、子供が介在しないかぎりは会いたいとも思わない。

久し振りのアルコールで脳がほぐれ、ゆらゆらと船に揺られているような、いい気分だった。

智子もカンナも癖が強くてはじめは敬遠ぎみだったのに、いつの間にか一緒にいるのが楽しくなっている。気負いすぎて空回りしていた食堂部門の仕事も、近ごろは歯車が嚙み合うようになった気がする。

各種リニューアルの成果が数字に表れるのは、これからだ。客数は、右肩上がりに増えている。

「ところで前場さんって、元々若社長とは友達なんですよね？」

「超美味しい」というカシラを、カンナが真っ先に齧りながら尋ねた。美由起もつられて食べてみると、歯ごたえがあり、嚙むごとに旨みが滲み出てくる。これはたしかに美味しい。

「正確に言えば、元夫の友達。元夫、セレブ気取った人とはすぐ友達になりたがるのよ」

「ああ。トリュフの件といい、なんとなく分かります」

カンナだけでなく、美由起もそれには納得だ。会ったこともないのに、智子の元夫像が浮かび上がってくる。若社長と親しいなんて、ずいぶん軽薄そうである。智子とは相性が悪いだろうに、弱っている時にほだされて結婚に至ってしまったのだろう。恋の目くらましが効いているうちは、そういう失敗が起こりやすい。

「だけど、若社長がスカウトしたのは前場さんだったんですよね」

「そうね。前の店は夫の名義だったし、お金だけ折半して、あとはくれてやったから」

「じゃあ前場さんがフリーになったところに、若社長が声をかけてきたんだ？」

「ええ、立て直したい店舗があるっていわれてね。やり方は君の好きにしていいからって」

若社長の勝手なスカウトのせいで、現場は一時混乱した。その前にも飲食業経験のない美由起をマネージャーに起用してみたりと、一連の人事には疑問が多い。そういえばカンナは、その意図を探ってみると言っていた。

話があるというのは、もしかしてそれについてなのだろうか。

「言いづらいんですけど」と前置きして、カンナは軽く身を乗り出す。

「若社長が前場さんを誘ったのは腕を見込んだからじゃなく、元夫さんの愚痴を真に受けてのことみたいです」

「なによ、愚痴って」

剣呑《けんのん》な話になってきた。智子が眉間に皺を寄せる。まるで仁王像のごとき形相だ。カンナは構わず先を続けた。

「若社長とご飯に行って、聞き出してきたんです。元夫さんの中では、前場さんが悪者にされているみたいですよ。我が強くて自分の思い通りにしないと気が済まない。スタッフとも諍《いさか》いが絶えなくて、もう疲れたって」

「はぁっ?」

智子の目が吊《つ》り上がる。たとえその通りだったとしても、そんなものは部外者に愚痴ることではない。

「ちょっと待ってよ。勝手にコンセプトを変えたのはあの人よ。スタッフにも常に上からな態度で、しょっちゅう揉めてたわ」

ましてや事実とは相違がある。智子の元夫は、自分自身を悪者にしたくなかったのだ。

でもそんな愚痴を真に受けたのだとしたら、話が通らないのではないか。

「あの、落ち着いてください。おかしくないですか。そんな話を聞かされていたのに、どうして若社長は前場さんをスカウトしたんでしょう」

大食堂には、次期料理長と目されていた中園がいた。パートも含め、スタッフの勤続年数だって総じて長い。外部から人を入れるなら、よほどバランス感覚に優れていないと務まらない。その程度のことは、いくら若社長でも分かりそうなものである。

「これじゃあ、はじめからトラブルを期待していたみたいな――」

まさかという思いが強くて、語尾が尻すぼみになってゆく。現場を混乱させて、若社長にいったいなんの得があるというのか。

「ええ、それです」

しかしカンナは、人差し指をぴんと立てて頷いた。目つきが険しいから、こちらもどうやら怒っている。

「ばっちり聞き出しました。若社長は本当は、大食堂を潰してしまいたいんです」

「へっ?」

喉の奥で声がひっくり返った。

カンナを疑うわけではないが、美由起は口を開けたまま、智子と顔を見合わせた。

四

自転車を押してアパートに帰っても、美月はいない。爪の先ほどの解放感と、波のように押し寄せてくる寂しさを受け止めて、美由起は暗い玄関に「ただいま」を落とす。

気持ちのいい酔いは、すっかり醒《さ》めてしまった。手に提げたコンビニ袋の中身は缶ビールだ。飲まずにはやっていられない、やさぐれ感に支配されている。

美月がいれば、ちゃんとやらなきゃと思えるのに。バッグを床に放り出してダイニングセットに落ち着くと、美由起はさっそく缶ビールのプルタブを押し開けた。

ごくごくと音を立てて飲むと、清涼感が喉を通過してゆく。ビールなんてべつに美味しいものじゃないのに、それでも「美味しい」と感じてしまうのはこの感覚のせいだ。「はーっ！」と大きく息を吐き、美由起は椅子の背に頭を預けた。

もう四十近いのだから、努力が必ずしも報われるわけではないと知っている。それでも、チャンスは与えられたのだと信じていたのに。

まさか、失敗を期待されていたなんてね。

一人しかいないのに、ふふっと含み笑いが洩れる。虚《むな》しさが去らないのは、孤独な夜に慣れていないせいだろうか。

「若社長は本当は、大食堂を潰してしまいたいんです」と、カンナは言った。大食堂のフロアをテナント貸しに切り替えたいと主張しているのは他でもない、若社長本人だったのだ。

話題性のあるレストランを誘致できれば集客に繋がるし、なにより自社経営のコストがかからない。大食堂の諸経費と売り上げを考えると、ただ場所貸しだけをしていたほうが、手間がかからず旨みがあると踏んだのだろう。

百貨店の売り上げは右肩下がりだが、マルヨシは郊外型の大型スーパーの経営が順調だ。フードコートは土日ともなると、空席待ちが出るほどである。その光景に学んだと、若社長は得意げに語ったそうだ。

「だったら社長の旗振りで改革を進めたらいいじゃないって話なんですけどね。そう簡単でもないみたいで」

頭の中に、カンナの声が蘇る。怒りを滲ませつつも、どこか得意げな口調だった。

「会長が、反対しているんですって」

会長は、若社長の実の父親だ。健康上の理由から今は軽井沢の別荘に居を移し、めったに人前には出てこない。それでも会長の意向とあらば、さすがの若社長も無視はできない。

たしかに会長は、大食堂を大事にしていた印象がある。美由起が入社した十五年前はまだ社長職にあり、にこにこしながら売り場を歩き回っていた。

「ねぇキミ、うちの最大の特色はなんだと思う？」

と声をかけられたのは、食器・リビング部門に配属されて間もなくのころだ。直接話をするのは入社試験の最終面接以来だったから、美由起は大いに狼狽えた。

「古くからのお客様に支えられて、地域に根ざしたサービスを提供しているところでしょうか」

「固い。固すぎるよ、キミ」

いつも笑顔だったが、摑みどころのない人だった。社長は顔の高さに右手を上げて、天井を指差した。

「それはね、最上階の食堂だよ」

そのときすでに、自社経営の食堂を有する百貨店は日本に数店舗しかなかった。マルヨシ百貨店大食堂は、貴重な生き残りだと社長は言った。

「あれがなければうちなんて、どこにでもある地方の百貨店だからね。そもそも百貨店自体がすでに古いイデオロギーなんだから、いっそ古さを突き詰めてしまえば面白いと思うんだよ」

「はぁ」

「期待しているよ。しっかり励んでください」

食器・リビング部門の美由起になぜ突然そんな話をしてきたのか、わけが分からなかった。だが社長は取引先でもどこか懐かしく、丁寧な仕事をする企業を大事にしていた。食堂部門に異動になってから美由起が「昭和レトロ」をコンセプトにしたのも、あのときの記憶があったせいかもしれない。

「若社長も会長には逆らえないみたいですけど、お歳を召して求心力は落ちてきてるでしょう。さらにタイミングよく、食堂部門のマネージャーと料理長が揃って辞めてくれたわけです。若社長は、突き崩すなら今だと思ったんじゃないですか」

きっと、カンナの言うとおりなのだ。食堂部門を、内部から崩壊させる。利益を出しているうちは口を挟めなくても、売り上げががた落ちになれば事業の見直しを提案できる。会長だってビジネスマンだ。第一線を退いたとはいえ、不採算部門を放置しておくほど鈍ってはいないだろう。

あとは使えそうもなかったり、制御が難しそうな駒を食堂部門に配置してやるだけ。ちょうどいいところに上顧客である権田様の不興を買い、行き場をなくしている美由起がいた。しかも飲食業はずぶの素人。まともな差配ができないところへ、制御不能な智子を放り込んだらどうなるか。おそらく目も当てられないほど、食堂部門は衰退する。若社長はそう踏んだのだ。

美由起はつまみもなしにビールを呷る。やるせない夜だった。また雨が降ってきたらしく、サアッと雨脚の走る音がした。

経験のない部署に放り込まれても、「心機一転頑張るように」と若社長から背中を押されたのだと思っていた。降格にもならず、マネージャーでいられることを喜びもした。

名誉挽回《ばんかい》とばかりに張りきっていたのが馬鹿みたいだ。「僕は味方だ」という嘘に、すっかり騙されていた。若社長にとって、美由起は捨て駒にすぎなかったのだ。食堂部門が潰れた暁には、人員整理として真っ先に首を切られるのだろう。立て続けの失敗に、擁護者は誰もいなくなる。

「舐められたものね」と、智子も顔を引きつらせていた。彼女の腕が正当に評価されていなかったのは、美由起にとっても辛《つら》かった。

「でも現状は、若社長の思惑とは逆に進んでいるじゃないですか。チームワークにはちょっと疑問がありますけど、売り上げは伸びているでしょう?」

食堂部門とは直接関係のないカンナだけが、やる気に満ちていた。

「しっかりしてください。私、大食堂のプリンが食べられなくなるの嫌ですからね！」

すべては愛しいプリンのため。若社長の思惑をわざわざ美由起たちに伝えたのも、黙って潰されないでほしいという願いがあってのことだろう。

だが美由起は、怒りよりも虚しさが先にきた。なんのために働いてきたのか、これからなにを目標にすればいいのか、前も後ろも空っぽだった。

「多少売り上げがよくなったところで、会長の身になにかあったら誰も守ってくれません。若社長は、一気に潰しにかかってくるんじゃないでしょうか」

会長もすでに、七十半ば。近ごろは健康に不安が見られると聞く。遅かれ早かれ大食堂の運命は、決まっているのではないだろうか。

「だったらそれまでにマルヨシ百貨店の、いいえ、この街の名物店になってください。私みたいなファンを増やして、世論を味方につけるんです！」

見た目の可憐さに反し、カンナは情熱的だった。小さな拳を握り、熱弁をふるった。けれども美由起の心は、どんどん冷えてゆくばかりだった。

結婚に失敗し、職場でも求められず、自分がたまらなく価値のない人間に思えてくる。誰もいない部屋でビールを呷っていると、ますます一人で取り残されたような気分になった。雨はいっそう、強くなる。

美由起は床に放置していたバッグから、スマホを取り出す。LINEには夕方チェックした、美月からのメッセージが入っている。

『ミサキちゃんと一緒にクッキー焼いたよ』

その下に、動物を模した型抜きクッキーの写真が貼られている。美味しそうだ。料理下手なところが似なくてよかった。

美月のお泊まりが決まったときは、久し振りに息抜きができると美由起も内心喜んだ。それなのに、今は無性に美月に会いたい。

「頑張ってるんだね。偉いね」と、笑って言ってほしかった。

「……冗談じゃないわ」

そう呟いたのは、自分だろうか。美由起は寸前まで出かかっていた涙をぐっとこらえる。

若社長の思惑通りにことが進んだら、母子二人で路頭に迷う羽目になる。そんな横暴を許してたまるか。美月にだけは、みじめな思いはさせられない。

もう疲れた、もう嫌だと、なにもかも投げ出したい気持ちはある。だが美由起は娘のために、項垂《うなだ》れそうになる頭を持ち上げた。


特に仕事が溜まっているわけでもなかったが、美由起は翌朝、定刻より早く家を出た。眠っても眠りは浅く、起きたところで美月はいない。あまりにも手持ち無沙汰で、気づけば職場に向かっていた。

早く出勤したからといって、いい打開策が思い浮かぶわけもない。けれども、じっとしていられないのだ。

分かっている、これは焦りだ。若社長を敵に回して、勝ち目はあるのか。

残念ながら、今のところはないと言える。でもそれは、美由起が一人で立ち向かった場合のことだ。

そんなことを考えながら、ロッカールームのドアを開ける。これから時間外労働に勤《いそ》しもうという、各部署のチーフやマネージャーの姿がちらほらと覗えた。人のことは言えないが、皆ご苦労なことである。

「あれ、前場さん」

美由起の隣のロッカーにも、人がいる。智子が私服から、厨房服に着替えているところだった。

「早いですね。どうしたんですか」

「ちょっと聞きたいんだけど」

こちらの話も聞かず、質問を被せてくる。はじめて会ったころのような、威圧的な態度である。

「辞表って、誰に出せばいいの？」

「えっ！」

「やっぱり若社長かしら。でもあの人、ろくに出社しないのよね」

「ちょ、ちょっと待ってください」

智子は手早く着替えを済ませ、ロッカールームを出て行こうとする。美由起も大慌てでスーツに着替え、その後を追った。

「辞めちゃうんですか？」

どうにか追いついて、一緒のエレベーターに滑り込む。ひとまず大食堂に向かうようだ。最上階のボタンにランプがついている。

「だって、いてもしょうがないでしょう。中園くんに料理長をやってもらったほうが、若社長につけ込まれなくて済みそうだし」

「だけどっ！」

せっかくてこ入れが進んできたのにと言いかけて、口をつぐんだ。

美由起とは違い、智子はよそに行ってもやっていけるだけの腕がある。沈みかけている船に、引き留めてしまっていいのだろうか。

それでも、楽しかったのだ。メニューがリニューアルされるたびに、大食堂が少しずつ輝きを取り戻しているような気がしていた。次はなにをしでかしてくれるのだろうか。不安と期待が入り交じった、冒険のような毎日だった。

若社長に一人で立ち向かうのは無理でも、智子が一緒なら——。そう思った矢先だった。

智子のこの先の人生を考えれば、引き留めないのが親切だ。それなのに美由起は、とっさに置いて行かれたくないと思ってしまった。

「本当に、このまま辞めてしまっていいんですか。若社長を見返してやりたくないですか」

「見返すと言ったって——」

智子が苦笑しつつ、フロアへと続くドアを押す。食品サンプルが並ぶケースの横に、リニューアルメニューの表が可愛いイラストつきで貼られている。デザート部門の臼井さんが、時間外に描いてくれたものだ。

万事控えめな彼女でさえ、近ごろは楽しそうだったのに。智子が辞めると知ったら、どれほど落ち込むことだろう。

「白鷺さんが言っていたじゃないですか。世論を味方につけるんです。そうすれば若社長がなにを言ったって、役員が反対しますよ」

強い言葉に引っぱられ、しだいにやる気が湧いてくる。失敗して同じ結果になったとしても、若社長には一矢報いたい。自分でも驚くほどに、腹が決まった。

「やってやりましょうよ、前場さん」

「ちょっと待って。誰かいる」

にわかに興奮しだした美由起を遮り、智子が人差し指を鼻先に当てた。そう言われてはじめて、甘く香ばしいにおいに気づく。そっと厨房を窺うと、中園がフライパンを振っていた。

「あれ、おはようございます。二人とも早いっすね」

美由起と智子の会話は、厨房までは届かなかったらしい。中園には構えた様子もない。

「――ナポリタン」

フライパンの中身を見て、智子が呟く。中園が「ええ」と頷いた。

「自分ちで練習しようと思ったんすけど、ひと晩寝かしたパスタがねぇわと思って。ケチャップの水分、このくらいでいいすか?」

昨日智子がしていたように、ソースとパスタを別々に炒めている。なにも言い返せずにぽかんとしていると、中園が「あれっ」と狼狽えた。

「ナポリタンもリニューアルするんすよね?」

そういえば、昨日はそこまで話が進んでいなかった。それでも中園は、先回りをして動いている。

「どうして、これでいくと思ったの?」

「えっ。だって、こっちのほうが旨かったすから」

美由起の質問の意図も分からぬままに、中園はソースとパスタを合わせてナポリタンを作り上げる。白い皿に、真っ赤に染まったパスタが盛られた。

智子が神妙な面持ちで、その皿を見下ろしている。実家の洋食屋のレシピと、智子の修業の成果が合わさってできたナポリタンだ。なにを考えているのか分からないが、微動だにしなかった。

「もしかして、朝飯まだなんすか？　だったらもう一人前作りますけど」

ただならぬ様子に、中園が首を傾げる。ただの空腹で片づけてしまうところに、この男のお気楽さがある。

智子がふっと、片頬に笑みを浮かべた。

「そうね。みすみす潰されてしまうのも癪《しゃく》だわ」

「え、なんすか？」

「なんでもない。マネージャー、ナポリタンもリニューアルよ。いいわね？」

こちらを振り返った智子はもう、いつも通りのふてぶてしさを取り戻している。つまり、共に闘ってくれるのだ。喜びが込み上げてきて、美由起は威勢よく頷いた。

「はい！」

「それから副料理長、見ただけで分かる。パスタの炒め具合が足りない」

「ええっ。だったらソースと合わせる前に言ってくださいよ」

「つべこべ言わない。もう一人前！」

「ちくしょう！」

悪態をつきながらも、中園はすでに手を動かしている。だが美由起と智子の背後に目を遣ったとたん、「うぁちっ！」と飛び上がった。熱したフライパンを、素手で触ってしまったのだ。

「ししし白鷺さん、どうしてここへ？」

中園の狼狽の原因が、腕を組んで立っていた。制服に着替えて身支度もばっちりなカンナが、桜色の唇を尖らせる。

「なんか、心配する必要なかったみたいですね」

昨日の様子では、美由起か智子のどちらかが辞めると言い出すかもしれない。そう思い、始業前にわざわざ駆けつけてくれたのだ。

「お蔭様で」と、智子が不敵に微笑み返す。

今日も外は雨模様。だが皿の上のナポリタンは、真っ赤な太陽みたいだった。

一致団結のちゃんぽん麺

一

集計した数字を、慎重に打ち込んでゆく。

六月も末日となれば、ラストオーダーの六時半を過ぎても外はまだ明るい。ゆっくりと黄昏れてゆく西の空には目もくれず、瀬戸美由起はラップトップの液晶画面を見つめている。

「行きます」

ごくりと唾を飲み込んで、エンターキーに人差し指を乗せた。背後に控える前場智子が、前のめりになったのが分かる。キーを一つ押しただけで、会計ソフトは必要な演算を速やかに済ませてくれる。

「前年同月比売上、九・七パーセント増」

画面上に表れた数字を、声に出して読み上げたのは智子である。

「客数が十二パーセント増か。だけど、客単価が二パーセント減っているのね。クリームソーダやプリンといった、喫茶利用が増えたせいかしら」

デザートメニューは、食事よりも単価が低い。そこが課題ねと呟いてから、智子はこちらに顔を向けた。薄い唇が、勝ち誇ったようにニヤリと歪む。

「とはいえ、梅雨時だからね。この伸び率は素晴らしいわ」

「ですよね！」

飲食店の売り上げは、天候に左右されやすい。今年の梅雨は中休みもなくじめじめと降り続いており、鬱陶しいことこの上なかった。それでもこうして数字が出ているのだから、てこ入れの方向性は間違っていない。

「七月に入れば、観光客が増えます。うまく呼び込めるといいんですけど」

「この間取材に来ていたタウン誌、発行はいつ？」

「毎月十五日らしいです」

「ちょうど梅雨明け前ね。いいじゃない」

そのころに駅構内で配布されるタウン誌の、食べ歩きマップに載ることになっている。他にもいくつか、ウェブ媒体の取材を受けた。来月になれば、それも順次アップされてゆくことだろう。

「SNSも順調なんでしょう？」

「はい。お蔭様でフォロワー数が飛躍的に伸びています」

まさにカンナ様様だ。彼女の友人だという読者モデルが虹色クリームソーダを拡散してくれたお蔭で、拡散が拡散を呼び、SNS上ではそれなりに周知されつつある。七月になれば地元の神社でSNS映えがすると評判のイベントがあり、そのあたりの層を取り込めないかと狙っていた。

「いいわね。打てるジャブはどんどん打っていきましょう」

一時は辞表を出すつもりでいたとは思えないほど、智子の目が好戦的に輝いている。彼女の能力を低く見積もり、職場クラッシャー扱いした若社長にひと泡吹かせてやるつもりなのだ。パシパシと、左の手のひらに右の拳を打ちつけている。

「ちょっと。オーダー放り出してなにしてんすか」

ラストオーダーの料理を出し終えたらしく、副料理長の中園が厨房から出てきて、さっそく智子に文句をつける。

「なによ。エビフライ定食とちゃんぽん麺でしょ。そのくらい、私なしでさばけなくてどうするの」

智子は当然のようにオーダーの内容を把握していた。洋食部門と麺部門で担当がばらけるから、手は足りていると踏んだのだろう。

「そりゃあ、できますけど！」

「それにね、料理長ともなればただ料理を作ってりゃいいってものでもないの。ちゃんと数字を把握、分析できないとね」

「はぁ。なんか最近、やたら売り上げ気にしてません？」

中園にも、なんとなく伝わっていたのか。大食堂を潰したがっているという若社長の目論見を聞かされてからは、美由起も智子も数字と睨めっこで一喜一憂していた。

上層部はどうせ、数字しか見ない。「面白い取り組みをしている」だけで評価されるほど、現代社会には余裕がないのだ。そのぶん、数字さえ出していれば期待される。期待は未来への切符である。世論とやらを味方につけるまでは、そうやって延命を図るしかない。

「気にするに決まっているでしょう。ほら見て、各種リニューアルの結果よ」

智子に促され、中園がパソコン画面を覗き込む。「メンチ」を切るように目を細め、ぐっと眉根を寄せた。

「九・七パーセント？　ええっと、一パーセントって一割っすよね？」

頭の中でなんの計算をしているのか、両手の指を立てたり引っ込めたりしている。百分率の計算は、ちょうど娘の美月が学校で習っているはずだ。

「一割は、十パーセントです」と、大真面目に答えてしまった。

「麻雀《マージャン》の点数計算はできるのにね」

智子が呆れたように腕を組む。そういえば以前中園は、なにかを麻雀にたとえていた。

「算数なんて、しょせんそんなもんすよ。実際の生活に必要なもんだけ覚えときゃいいんす」

「点数計算より、百分率のほうがよっぽど使うと思うけど」

「そういうもん？　人生いろいろっすね」

雑なまとめかただが、たしかにどう生きるかで使う知識は違ってくる。料理長が中園ではなく智子でよかったと、美由起はひそかに胸を撫で下ろした。


数字の効果は、思ったよりも早く表れた。

七月七日、七夕の朝である。いつも通り開店前の朝礼を行っているところに、若社長がふらりと一人でやって来た。

麻のジャケットに踝《くるぶし》丈のパンツ、素足に白のデッキシューズという相変わらずの軽薄ないで立ちで、思わず身を硬くした美由起に向かって「ああ、楽にして」と左手を突き出す。手首のロレックスがきらりと光った。

「そろそろふた月だね。どう、慣れた？」

そう言うと美由起の隣に立っていた智子の肩に、馴《な》れ馴《な》れしく手を置いた。智子の頬が、傍で見ていても軽く引きつるのが分かる。

「ええ、お蔭様で」

皮肉を込めたつもりなのだろうが、人の気持ちを忖度《そんたく》しない若社長には通じない。「そう、よかった」と、日焼けした顔をわざとらしく綻《ほころ》ばせる。

「売り上げもけっこう伸びたみたいだね。なにしたの？」

おそらく定例会議の資料でも見て、慌てて飛んできたのだろう。若社長の思惑では我の強い智子のせいでチームワークがバラバラになり、少しずつ売り上げを落としてゆくはずだったのだ。さぞかし驚いたに違いない。

「べつに、なにも」

智子は握った右の拳に左手を重ね、しれっと答えた。

なにをしているかは公式SNSを見れば明白だろうに、若社長はその程度のことも把握していないのか。本当に大食堂の経営には興味がないらしいと、美由起はうすら寒さを感じた。

「まさか、たまたま？」

若社長を油断させるためにも、そういうことにしておきたい。だから美由起は「よく分かりません」と首を傾げる。居並ぶスタッフたちは事情を知らないが、若社長の無関心を「無能」と解釈し、注進する気も失《う》せたようだった。

「まぁね、去年の数字もそんなによくはなかったんだろうし。なんてったって、梅雨だしね」

自分を納得させたいのか、若社長は無理に理由を見つけて頷く。これでよく社のトップが務まるものである。

「で、君は最近どう？」

次に若社長が手を置いたのは、中園の肩だった。根回しなどしていなくても、中園は実に嫌そうな顔をしてくれる。

「ああ、分かった。こっちにおいで」

智子を前にしては言いづらいこともあるだろうとばかりに、若社長は中園を伴って食堂を出て、バックヤードの扉を開ける。時間もないのでそのまま朝礼を進めていると、やがて中園が一人で戻ってきた。

「若社長は、なんて？」

尋ねると、中園は不思議そうに首を捻った。

「さぁ。なんか、料理長とはうまくやってんのか、みたいなことを聞かれたっす」

やはり、智子と最も反目しそうな中園に探りを入れてきたか。

「どう答えたの？」

「もちろん、やれてるわけないって言ってやったっすよ。原価も考えず勝手にメニュー変えようとするし、やたら偉そうだし、人を馬鹿にしてるし――あイタ！」

「言いたい放題じゃないのよ」

腕を組んだまま聞いていた智子が、中園の足を踏んでいる。お互いにゴム長靴を履いているから、さほど痛くもないだろう。それでも中園は、「こういうとこっすよ！」と踏まれた事実に抗議する。

「それだけ言い募ったのに、若社長は私に注意もせず帰っちゃったわけね？」

「あ、はい。その調子であとちょっと頑張ってね、とか言って。なんなんすか、あれ」

智子の額に、はっきりと青筋が浮いている。このまま若社長を追いかけて怒りをぶつけるのではないかと危ぶみ、美由起は慌ててその腕を摑んだ。

「なによ」

「あ、いえ」

中園の悪態のお蔭で、若社長はスタッフの間に反目があると、誤った解釈をしてくれたのだ。その認識を、わざわざ正してやる必要はない。智子もまた、そのつもりで怒りを堪えていた。

肺の中の空気を入れ替えるようにゆっくりと息を吐き、気分を立て直す。開店時間まで、残り五分を切っている。

若社長に引っ搔き回された空気を引き締めようと、美由起は手を打ち鳴らした。

「ともあれ、今日も笑顔で頑張りましょう。他になにか、伝達事項のある方は？」

本日の早出スタッフは、美由起と智子を除いて十五人。唐突に現れて去って行った若社長への、戸惑いを隠しきれずにいる。

本当のことを、伝えたほうがいいのだろうか。若社長は、あなたたちの職を奪おうとしているんですよって？

そんなことを告げられては、とても冷静ではいられない。首を切られるくらいならその前にと、転職者が続出するかもしれなかった。

そうなってしまったら、若社長のお望み通りチームワークは崩壊する。その先に待っているのは、大食堂の終焉《しゅうえん》だ。恐ろしくて、とても言いだせない。

「あの、じゃあ私から」

発言者がいないのを見て、智子がさっと手を挙げた。

なにを言いだすのだろうかと、一同の視線が彼女に向かう。充分に注目を集めてから、智子はおもむろに切りだした。

「伝達事項じゃなく、提案なんだけどね」

二

地元の神社のフォトジェニックなイベントが、ついにはじまった。境内に木組みの回廊を作り、そこに色とりどりの江戸風鈴を吊り下げる。その数なんと、二千個である。浴衣など着て佇めば、絵になること間違いなし。縁結びの神様とあって、カップルにも人気がある。しかも二ヶ月間と、期間も長かった。

ここ数年、SNSを中心として認知度が広まったイベントである。大食堂にも、その神社から流れてきたと思《おぼ》しき浴衣を着た女性グループの姿があった。

虹色のクリームソーダを人数分並べ、写真を撮っている。アニメ好きやアイドル好きとは違い、自分もフレームに入るよう撮り合っている。せっかく浴衣を着たのだから見てもらいたいという、自己顕示欲が微笑ましい。

「いいわね、来てるわね」

智子が厨房から出てきてホールを見回し、満足げに頷く。百貨店の大食堂というレトロな雰囲気を楽しもうと、オムライスやナポリタンの写真を撮っている客もいる。中高年にとっては懐かしく、若い世代には新鮮な、理想の空間ができつつあった。

しかし、ここにきてまたひとつ問題が。

ホールスタッフが「すみません、後ろ通ります」とひと声かけて、智子の背後をすり抜けてゆく。

料理を運ぶときは誤って人と接触してしまわないよう、誰かの後ろを通る際には声をかけるのがルールとなっている。ゆえにそれはいつも通りの光景なのだが、頭の痛いことにスタッフの声が、不必要に尖っている。

美由起は額に手を当てて、ため息をついた。朝礼での智子の発言が、午後になっても尾を引いている。

「提案」と断りつつも智子は、まるで決定事項のように「夜営業をやりましょう」と言い放った。百貨店の営業時間に合わせて現状では、六時半オーダーストップの七時閉店で回している。それをせめて、二時間は延ばせないかと言いだした。

「七時に閉まるんじゃ、ディナー利用が見込めないわ。せっかく私鉄の駅が近いんだから、仕事帰りのサラリーマンを取り込みましょう」

この街は、都心へも充分通勤圏内だ。しかし残業なく真っ直ぐ帰れたとしても、六時半のラストオーダーにはとうてい間に合わない。せめて九時までやっていれば、彼らの選択肢の一つに大食堂が入る。このあたりでは夜に営業している飲食店はほぼ居酒屋だから、飲酒が習慣づいていない層を取り込めると踏んだらしい。

「取り込みましょうと言われても、さすがにそれは食堂部の独断では――」

スタッフに「提案」する前に、せめて美由起には相談しておいてほしかった。百貨店の閉店後も営業を続けるとなると、エレベーターホールだけを開放して最上階の食堂まで直通運転させる必要がある。マルヨシ百貨店のエレベーターホールは、独立した造りになっていただろうか。

それに、人件費との兼ね合いもある。夜の営業で充分な集客と利益が見込めるのか、シミュレーションが少しもできていない。営業時間を延ばせば利益が上がるという単純なものでないことは、ビストロを経営していた智子だって重々承知のはずである。

「だけど、もったいないとは思うでしょう。夜のピークがこれからって時間に、店を閉めなきゃいけないんだから」

その気持ちは美由起にも分かる。だがやるなら事前に検証を重ねておくべきで、思いつきのように「やりましょう」と言っていいものではない。

慎重であるべき段階をすっ飛ばしてしまったのは、智子の焦りだ。久しぶりに若社長の軽薄な顔を見て、頭に血が昇ったのだろう。若社長に摑みかかりこそしなかったが、きっと智子は冷静ではなかった。

「早出と遅出で一時間ずつ勤務を増やせば、新規スタッフを入れなくても回せるでしょう。お給料がそのぶん増えるわけだから、家計も潤うじゃない」

簡単に言ってくれる。それぞれの希望を取り入れつつシフトを組む苦労を、一度は味わってほしいものである。

開店時間が迫っていた。そもそもが、五分足らずで結論の出せる問題ではない。この件はひとまずと切り上げようとしたが、その前にホールスタッフの一人が声を上げた。

「なんですか、それ。私たちのこと、馬鹿にしてるんですか？」

矢内《やない》さんという、四十半ばのベテランパートだ。智子に向けられる視線が、鋭く尖っていた。

「べつに、馬鹿にはしていないけど」

「してますよ。こっちの事情も考えずに、よくまぁ上から『お給料が増えるわけだから』なんて言えますね」

「いや、だから、そんなつもりは――」

意図せぬところに嚙みつかれ、さすがの智子も狼狽えていた。話が飛躍しすぎではないかと思ったが、矢内さんを中心にしてパートスタッフはうんうんと頷き合っている。あっという間に団結して、「べつにうちの家計の心配までしてくれなくたっていいわよねぇ」と文句をつけはじめた。

「はいはい、そこまで。きっかり十一時よ。仕事、仕事」

ホールスタッフを束ねる山田さんが手を打ち鳴らして持ち場につくよう促してくれたお蔭で、その場はどうにか収まった。しかしパートスタッフの胸の中では、智子への不満がくすぶり続けているようだ。

売り上げが順調に伸びてきたというのに、焦ってチームワークを乱しては、けっきょく若社長の思う壺ではないか。白鷺カンナの幻が脳内に現れて、「え、馬鹿なんですか？」と呆れた顔をして見せた。

窓の外に灰色の雲が垂れ込めているせいか、美由起の頭までどんよりと重い。雨雲に邪魔をされ、織姫と彦星の年に一度の逢瀬《おうせ》も、きっと叶わないことだろう。

「そりゃあね、パートさんたちのＱＯＬ《キユー・オー・エル》を無視して『お給料増えるから』なんて言っちゃ、反感買うに決まってるわよ」

休憩時間が一緒になった山田さんが、ホールスタッフを代表して智子に意見を述べている。時折、天ざる蕎麦を啜る音が混じって聞こえる。美由起はその傍らでパソコンに向かい、翌週のシフト表を作っていた。

「ＱＯＬってそんな、大袈裟《おおげさ》な」

クオリティ・オブ・ライフ、つまり「生活の質」。

智子の昼食は、月見うどんだ。ズズッ、チュルチュル、ズズッ、チュルチュル、二人が食べる蕎麦とうどんがハーモニーを奏でている。

「とんでもない、一時間違えば大違い。ましてや遅出の人は、終わりが九時になっちゃうんでしょ」

サクッ。これはエビの天麩羅を齧る音。咀嚼《そしやく》をしてから山田さんは先を続ける。

「ここに勤めるパートさんたちはね、夜の勤務がないからこの仕事を選んでるの。七時ラストまで残ったって、家に帰れば家族で食卓が囲めるでしょう。それが九時になってごらんなさいな。うちなんてもう子供が独立しちゃってるからいいけどさ、まだまだ手がかかる人だっているわけよ。ね、マネージャー」

「えっ、私ですか」

唐突に話題を振られ、美由起はエクセルのフォーマットから目を離す。山田さんが、「他にマネージャーはいないでしょう」と笑っている。

「いつも時間外勤務は朝に回して、急いで帰ってるじゃない。勤務時間が延びて困るのは、あなたも同じだと思うけど」

美由起がシングルマザーだということは、スタッフの誰もが知っていた。美月になにかあったときには、仕事よりそちらを取ることになる。だから、あらかじめ周知を図っておいたのだ。

「それはまぁ、たしかに」

今でさえ、一人で留守番をしている美月が心配でならない。女児を狙った犯罪は後を絶たないし、寂しさに負けてSNSなどから悪い大人に繋がってしまうケースも多いと聞く。帰宅が九時を過ぎるとなると、ますます美月に目が届かない。

「でもそれは、個人の事情ですから。どうにか工夫をして――」

「工夫じゃどうにもならないことだってあるわよ」

もう十一歳だが、まだ十一歳。これからが難しい年頃だ。その事実から一瞬目を逸らしかけて、山田さんにぴしゃりと遮られた。

「女性がこれだけ社会に出ているんだから、もう家庭やプライベートを犠牲にしてまで働くような時代は終わらせなきゃ駄目なの。そりゃあお金がなきゃ生きてけないんだから仕事は大事だけど、同じように家庭も大事。マネージャーだって本当は、娘さんを夜遅くまで一人で放っておきたくはないでしょう？」

　おっしゃる通りだ。美月はきっと母親の帰りが遅くなっても我慢してくれるだろうけど、できることなら我慢なんてさせたくはない。晩ご飯を食べながら美月が好きなアイドルが出ているドラマを一緒に観て、宿題をチェックしてやり、狭いお風呂で髪を洗ってあげたい。山田さんが言うＱＯＬとは、そういったささやかな営みを指すのだろう。

「どうかしら、料理長。彼女たちが怒ったわけを、分かってくれた？」

　智子は珍しく、しょげたように黙りこくってうどんのつゆを飲んでいる。先程の発言が軽率すぎたことは、自分でも分かっているのだろう。

「それにね、夜営業をしてもたぶん、売り上げは立たないわよ」

　なんの検証もしていないのに、山田さんはある種の確信を持ってそう言った。蕎麦を平らげて軽く手を合わせてから、智子と美由起を交互に見る。

「だってね、百貨店の商品は八割が女性を対象としているでしょう。店側が男性客を重要視していないんだから、当然男の人には百貨店を利用する習慣ができていないの。お昼だって、一人で食べている男性はあまり見かけないでしょう」

　言われてみれば、男性客はたいてい奥さんと一緒か、家族連れだ。特に現役世代の男性にとっては、ラーメン屋や牛丼チェーン店のほうがよっぽど馴染みが深く、仕事帰りにわざわざ百貨店の六階にまで足を運んでもらえるとは思えない。

「そうですね、イメージが湧きません」

　この大食堂が、スーツ姿のサラリーマンで賑わう光景が想像できない。この街は夜が早く、午後六時を過ぎると人通りがぐっと減ってしまうから、それ以外の客層を呼び込むのも難しそうだ。マルヨシ百貨店の営業時間が都内の百貨店に比べて短いのは、それなりの理由がある。

「ま、そのへんの検証はもう少し時間をかけてそちらでやってよ。今はスタッフの間のわだかまりをどうにかしましょ」

山田さんの言うとおり、人間関係のもつれは時間が経つほどほぐしづらくなる。美由起は今週のシフト表を確認してみた。矢内さんのシフトは五時までだ。

「四時半ごろに、もう一度集まって話をしましょう。ホールスタッフには、山田さんから声をかけてもらえますか」

「ええ、もちろん」

みんなのお母さん的存在の山田さんは、こういうとき実に頼りになる。美由起は「お願いします」と頭を下げた。

「前場さんも、それでいいですか？」

尋ねると、智子は決まりが悪そうに頷いた。

「素直になってね、料理長。二百席もある店のオペレーションができる人材は、一朝一夕じゃ育たないのよ」

山田さんは暗に、ホールスタッフを軽視するなと釘《くぎ》を刺す。これだけの席数で、ミスも滞りもなくオーダーを回すのは至難の業だ。客からのクレームを直接受けるのも彼女たちだし、どんなに忙しくても散らかったテーブルはすぐ片づけてくれる。彼女らの仕事が簡単そうに見えるとすれば、それらの作業を涼しい顔でこなしてしまうベテランだからである。

「本当に、馬鹿にするつもりはなかったのよ」

山田さんにかかれば、智子も叱られた子供のようだ。食べ終えたトレイを手に、山田さんは「分かってる、分かってる」とその肩を叩いた。

「それも含め、後で話しましょ」

もう少しで四時になる。話し合いまで、あと三十分ほど。それまでに、パートさんたちの頭も冷えているといいのだが。

「あの、マネージャー」

ちょうどそこへ、客席との間を遮るパーテーション越しに、矢内さんが顔を覗かせた。美由起の傍らにいる智子には、決して目を向けまいとしている。はたして今日中に、わだかまりが解けるだろうか。頭の痛いことである。

「お嬢さんが、見えてますけど」

痛むこめかみを揉んでいたから、反応が遅れた。これまでに、美月が職場に美由起を訪ねてきたことはない。なにかあったのかと驚いて、椅子を蹴り飛ばしそうな勢いで立ち上がった。

三

美月とその友達のミサキちゃんが、仲良くクリームソーダを飲んでいる。美月はピンク、ミサキちゃんは青。放課後家にランドセルを置いてから、二人で自転車を漕いで来たらしい。

突然の訪問になにが起こったのかと心配したが、なんのことはない、クリームソーダを飲みに来ただけだった。そういえば奢ってあげると約束して、そのままになっていた。

美由起が手を引いて連れてきてあげなくても、こうしてもう、友達と来られる歳になったのだ。我が身を振り返ってみればたしかに、このくらいの年齢から友達同士でファストフード店に入るようになっていた。

「二人で来たの、偉いね。何年生？」

ホールスタッフが入れ替わり立ち替わり、美月たちを構ってゆく。美月もまんざらではなさそうで、「五年生です」とはきはき答えている。

「あら、うちと一緒。しっかりしてるわねぇ」

さっきまで取りつく島もなさそうだった矢内さんも、目元を緩めて美月を褒める。智子が厨房に戻ったので、いくぶん息がしやすそうだ。

「第二小学校かぁ。うちは第一なのよ。中学校で同じになるかもね」

矢内さんのところは男の子らしい。小五男児なんて、女の子以上になにをしでかすか分かったものではない。今朝の智子の言い草に、腹を立てるのも無理はなかった。

「もう、びっくりしたよ。仕事で相手ができないときもあるから、来るなら来るって言っといてよね」

矢内さんがホールに戻り、美由起はシフト表を作成し終えてパソコンを閉じる。あと三十分来るのが遅くなったら、子供にはあまり見せたくない場面を見せる羽目になったかもしれない。

美月が「はーい」と元気よく返事をする。聞き分けのいい子である。

「ねぇねぇ。ほら、あれ」

ミサキちゃんが美月に体を寄せ、なにごとかを促す。活発なタイプではないが、小さな物事に気づくのがミサキちゃんのいいところだ。キャッキャウフフとじゃれ合ってから、美月が「はい、これ」とポケットからピンクの紙切れを取り出した。

「なぁに、これ」

「短冊。一階の入り口のところに、大きな笹があったんだよ」

そういえばマルヨシ百貨店では毎年エントランスに七夕の笹《ささ》を飾り、自由に短冊を書いてもらっている。いつも従業員用の出入り口しか利用しないから、すっかり忘れていた。

「ママのぶん」

はたして従業員が書いていいものだろうか。娘の気持ちが嬉しいから、ひとまず「ありがとう」と受け取っておく。

「あなたたちは書いたの?」

「うん。『ニンテンドースイッチください』って」

ミサキちゃんが嬉しそうに頷いた。それはサンタさんへのお願いのような気もするが、そういうところが可愛らしい。

「美月は?」

「ナイショ!」

こちらはもう、聞けばなんでも答えてくれるわけではない。好きな子でもいるのかしら。娘の成長が、喜ばしくも寂しく感じられた。

美月たちは、このあと神社の風鈴回廊を見に行くという。あんまり遅くならずに帰るようにと、紋切り型の注意を与える。

「はーい」と、今度は二人で声を合わせた。


「あ！」

異変に気づいたのは、美由起よりミサキちゃんのほうが早かった。

真っ直ぐな視線を追ってみれば、厨房との間を仕切るカウンターの傍で、矢内さんが山田さんになにかを訴えている。左手のトレイには丼鉢が載っており、しきりにその中を指差していた。

「なにかあったのかな」

美月も興味を引かれたらしく、テーブルに頬杖をつく。クリームソーダは飲み終えており、そろそろ出ようとしていたところだったのに。トラブルはせめて一日一つに留めてほしいと思いつつ、美由起は椅子から立ち上がった。

「どうしたんですか」

「ああ、悪いわね。娘ちゃんが来てるときに」

山田さんが申し訳なさそうに片手拝みをする。矢内さんのトレイに載っている丼鉢は、これからサーブするものではなく、客席から引いてきたものらしい。

白濁したスープのちゃんぽん麺。具はあらかた食べられているものの、麺は手つかずのまま残されていた。

「またですよ！」と、矢内さんが気色ばむ。

「ああ、最近多いですね」

彼女の言わんとするところを察し、美由起もまた眉をしかめた。

昨今は空前の糖質制限ブームだ。糖質、すなわち炭水化物を目の敵のようにして、日々の食事から排除したがる人たちがいる。他のものは好きなだけ食べていても痩せられるから、手軽なダイエット法として定着してしまった感がある。

「回転寿司なんかでも、ネタだけ食べてシャリを残す人がいるっていうものね。だったらお寿司屋さんに行かなきゃいいと思うんだけど」

理解に苦しむわと、山田さんが首を振った。飽食の弊害か、この国の人たちはいつから食べ物への感謝を忘れてしまったのだろう。なにを食べるか食べないか、決めるのは個人の自由だが、だったらはじめから炭水化物が入っているメニューは頼まないでほしいところだ。

客の食べ残しはすべて、流しの端にセットされた笊の中に流すことになっている。丸々一人分の麺を捨てる羽目になる矢内さんは、「いい加減にしてほしいです」とうんざりしていた。

「なにがなんでも麺は食べないっていう、確固たる意志を感じる残しかたですよ。こういう悪質なのは、見つけ次第追加料金を取っていいんじゃないですか?」

「そうしたいのは、山々なんですけどねぇ」

ちゃんぽん麺は特に、野菜と豚肉、魚介類まで入って具だくさんだ。スープも鶏ガラから取った優しい味で、麺さえ食べなければ「健康に良さそう」に見えるのだろう。だからよく、麺だけが残されている。

かといって食べ残した人を呼び止めて追加料金を請求すれば、ごねて暴れる客もいるだろう。対応するスタッフのストレスをいたずらに増やすだけになりそうで、踏み切れない。

せいぜいできるのは、貼り紙などで注意を促すことくらいだ。また貼り紙かと、苦笑する。

「ああ、あれだ。サーヤちゃんだ」

思いのほか近くで幼い声がして、振り返れば美月とミサキちゃんが傍に来ていた。食べ残しの丼鉢を覗き込み、二人で顔を見合わせる。

「サーヤちゃんもさ、給食のとき糖質はとらないって残そうとして、先生にめっちゃ怒られてたよね」

「うん。サーヤちゃん、先生みたいに太りたくないって泣いちゃって、ちょっと地獄だった」

美月たちの担任の先生は、ふくよかな三十代の女性である。教室には、さぞ気まずい時間が流れたことだろう。

「小学生にまで浸透しちゃってるんですね」

矢内さんが、不快げに眉をひそめる。男の子なら食べ盛りでなんでも気にせず食べるだろうが、女の子はもう、体型を気にしはじめる年頃だ。痩せているのが美しいという偏った価値観を、子供にまで植えつけてしまった大人たちの責任である。

「先生はさ、作った人の気持ちも考えなさいって言ってたけど」

「給食センターの人のこと、知らないもんね」

美月とミサキちゃんが合わせ鏡のように向かい合い、「ねぇ」と首を傾げる。

「なるほど。作っている人の顔が見えなくなってるのね」

納得したように頷いたのは、山田さんだ。

美由起が子供のころ、給食は学校の給食室で調理されており、友達のお母さんが働いていたりしたものだ。それが今や、給食センターから一括で送られてくる。外で食べるにしても本社工場で作られたものを加熱して出すだけのチェーン店が多く、先ほど話題に出た回転寿司だって、注文がタッチパネル方式になり、職人が奥に引っ込んでしまった。

食べ物を粗末にしても平気な人が増えたのは、そんなふうに作る人の顔を思い浮かべながら食事をする機会が減ったことと、無関係ではないのかもしれない。

「どうしたの、なにかトラブル？」

一カ所に固まって話をしていたせいで、ついに智子まで来てしまった。洋食部門の調理を中園に任せ、カウンター越しに顔を覗かせる。そのとたんに矢内さんが、つんとそっぽを向いた。

矢内さんの大人げなさに冷や冷やしつつ、かいつまんで智子に事情を話す。これまでそういった客に遭遇したことがなかったのか、智子は「なるほどね」と顎を撫でた。

「これも、単価が安い店ならではの悩みね」

SNS映え目当てで飲食しきれない量を注文する客と同様、高級店になればなるほど、そういった現象は見かけなくなるらしい。そりゃあそうだ。だって高いものは、堪能しつくさないともったいない。

「そうやってまた、上から目線で」

智子から視線を外したまま、矢内さんがぼそりと呟いた。いかにも忌々《いまいま》しげな口振りだった。

「なに。言いたいことがあるならはっきり言って」

「まぁまぁ、前場さん」

朝礼での一件については反省していたはずなのに、智子は挑戦的に腕を組んだ。こちらも大人なのだから、売られた喧嘩を律儀に買うのはやめてほしい。

「ちょっとお洒落なビストロにいたからって、思い上がってませんかってことです」

「べつに、そんなつもりはないわ」

「つもりはなくても、そう聞こえるんですよ」

「それは、受け取るあなた次第なんじゃない？」

ああ、と思わず声が出てしまう。駄目だこれは、泥沼だ。

大人の女性同士が急に言い争いをはじめたものだから、美月もミサキちゃんも目をまん丸にして驚いている。職場の人間関係をまとめきれていない、己の力不足が情けない。

「とりあえず、あなたたちはもう行きなさい」

これ以上、内輪揉めは見せられない。美由起は子供たちの背中に手を置いて、出口に向けてそっと押した。

四

めぼしいスタッフの手が空くのを待っていたら、四時四十分になってしまった。

パーテーションで区切られた座席を囲み、ホールスタッフが七名、中園を含む各部門のチーフが四名、そして智子と美由起が、まるでお通夜のような面持ちで立っていた。

厨房は、アルバイトに任せてある。ピークタイムではないから、短時間ならどうにか回せそうだ。ホールに誰もいないのは困るから、そちらは山田さんに立ってもらった。

パーテーションのこちら側に座席は六席あるのに、誰も座ろうとはしない。矢内さんをはじめとしたホールスタッフは、一カ所に固まって智子に敵意の目を向けている。

スタッフの間の行き違いを正すのも、マネージャーの仕事のひとつ。美由起は腹を決めて智子を促す。

「業務時間中にすみません。朝礼での失言について、お話があります。料理長、よろしいですね?」

胃が痛くなりそうな緊張感をものともせず、智子が頷いて一歩前に出た。

「今朝は全面的に、私が悪かったたわ。たんなる思いつきを口にして、現場を混乱させてしまいました。ごめんなさい」

体の横に手を揃え、腰を折る。その場を穏便に収めるためだけに心にもないことを言う人ではないから、本当に申し訳ないと思っているのだろう。

だが矢内さんはもう、その程度の謝罪では引っ込みがつかなくなっている。

「そうは言っても、根本的な意識は変わらないんじゃないですか。『単価の安い店』で働く私たちのことなんて、どうせ下に見てるんでしょうし」

ここまでくるともう、言いがかりに近いものがあった。朝は矢内さんに同調したはずのスタッフも、一歩引いて見守っている。

「上や下の話じゃなく、単価の高い店のほうがお客様の要望を容《い》れやすいという意味だったんだけど。好き嫌いにも糖質制限にも、事前のリクエストがあれば対応できますから」

「へぇ、そうですか。すみませんね、融通が利かないもので」

「よく分からないわ。店の話をしているのに、どうしてあなた個人の話にすり替わるのかしら。馬鹿にできるほど私、あなたのことよく知らないんだけど」

「そういう言いかたが、馬鹿にしてるって言うんですよ！」

もはや泥仕合である。他のホールスタッフの心が、矢内さんから急速に離れてゆくのが分かった。

軌道修正が必要か。そう思っているところに、隣にいた中園が手を大きく打ち鳴らす。

「なんかもう周りが白けちゃってるんで、気が済まないんなら後で二人で殴り合いでもしてもらっていいすか。それより俺、さっきのちゃんぽんの件が気になるんすけど」

「あ、はい。僕もです」

中園の発言に矢内さんは目を尖らせたが、麵部門のチーフである辰巳くんがのんびりと手を挙げたものだから、怒りの矛先を見失ったらしい。周りのスタッフの共感も得られずに、口をつぐんだ。

「一応長崎出身なので、ちゃんぽんにはうるさいんですよね」

こういうのを脱力系というのだろうか。辰巳くんは相変わらずぬぼっとしていて、摑みどころがない。スタッフの反応の悪さを見て、「冗談ですよ」と首を傾げる。どの部分が冗談だったのかも分からない。

「長崎出身ではあるけれど、ちゃんぽんへの思い入れはべつに普通です」

辰巳くんのウケ狙いの発言は、たいてい間が悪いし、面白くもないのが辛いところだ。しかし、矢内さんの気を逸らせるにはちょうどいい。ひとまずは、流れを変えてみるのもありかもしれない。

「ご存じない方もいると思うので補足します。近ごろちゃんぽんの麵の食べ残しが深刻だと、ホール係からの訴えがあったんです。ね、矢内さん」

そう言って、矢内さんを話題の中心に引き込んだ。ホールスタッフが「私も思ってた」「よくあるよね」と同意を示す。人は孤立させると意固地になるから、それだけは避けたかった。

「糖質制限ブームによる食品ロスは、実際悩ましいところですよね」

揉め事は勘弁とばかりに身を縮めていたデザート部門の臼井さんも、やっと息を吹き返す。見た目に反して気が小さい和食部門の八反田が、「ですね」と太い腕をさすりながら頷いた。

「それについて、ちょっと考えてみたんですが」

スタッフの視線が集まるのを待ってから、美由起は切りだす。料理を大量に残しても平気な人が増えたのは、作り手の顔が見えないことも一因ではないかという、山田さんの意見を拝借した。その一例として、美月たちが言っていた給食センターの話を持ち出す。

「そこでですね、料理長からチーフまでの顔写真を、ホールに貼り出してみてはどうでしょうか。ほら、産直野菜なんかでもあるじゃないですか。『私が作りました』っていう――」

「え、嫌だ」

皆まで言い終える前に、臼井さんが脊髄反射のように顔をしかめる。あまりにも早い拒絶だった。

「自分の場合は、怖がられるだけだと思いますが」

八反田も乗り気ではなく、厳《いか》つい顔を撫でている。たしかにこの人の写真は、交番の掲示板に貼られていても違和感がない。

「僕も、目が開いた写真を撮れたためしがないので」

だったら各種証明写真はどうしてきたのかと問いたいが、今度は冗談ではないらしい。表情がほとんど変わらない辰巳くんは、感情の見極めが難しい。

「俺はべつにいいっすけど、三対二で分が悪いすね」

「待って、人を勝手に『二』に入れないで。私も嫌よ」

中園はOKで、智子も駄目。想像した以上に反対が多かった。しょんぼりした美由起に、智子が追い打ちをかけてくる。

「だいたい、効果のほどが分からないわ。ここはもう単純に、麺なしちゃんぽんをメニューに加えればいいいんじゃない？」

「麺なし？」

はじめから、具だくさんスープとして売ってはどうかということか。しかし麺を抜いてしまったちゃんぽんは、はたして「ちゃんぽん」なのだろうか。

「個人的には糖質制限ブームなんて大嫌いだけど、これもお客様のニーズよね。辰巳チーフ、どうかしら？」

智子が辰巳くんに意見を求める。辰巳くんは水族館のチンアナゴのように、ゆらりゆらりと揺れている。

「長崎県民に、それを聞きます？」

まさかその揺れは、苛立ちからくる貧乏揺すりなのだろうか。辰巳くんは体の揺れをぴたりと止めると、真顔で言った。

「まったく問題ありませんね。地元でも麵抜きに対応している店があるくらいです」

この青年は本当に、摑めない。摑んだと思っても指の間からすり抜けるため、智子と衝突しないのはありがたいが、話しているとどんどん力が抜けてゆく。

「そういう懐の深さこそが、ちゃんぽんですよ」

諸説あるらしいが、ちゃんぽんの意味は「ごちゃ混ぜ」だという。必ずこの具材を入れなければいけないといった決まりもなく、鷹揚な料理である。

麵がなくても、それはそれ。

「そういえば」と、八反田が思案げにグローブのような手を組み合わせた。

「大阪の『肉吸い』も、二日酔いの芸人が『肉うどん、うどん抜き』と注文したのがはじまりといいますね」

関西系のチェーン店が進出してきたお蔭で、関東でも少しずつ「肉吸い」の知名度は増してきた。食べたことがなくても、なんとなく味の想像はつく。顧客のニーズが定着して、独立した料理になってゆくのは面白い。

「だったら『ちゃんぽん麵抜き』じゃなくて、名前があったほうがいいんじゃない？」

それまでじっと黙っていたホールスタッフも、なにがいいかと頭をひねる。かといって、「ちゃんぽん」という語感からかけ離れすぎても伝わらない。

「麵の代わりに『ら』を入れて、『ちゃらんぽらん』でどうですか」

これもまた、ウケ狙いなのだろう。にこりともせずそう言い放った辰巳くんに、美由起はかろうじて愛想笑いを返した。

麺抜きちゃんぽんの命名を巡り、ミーティングはいい具合に和気藹々《わきあいあい》としたムードになってきた。矢内さんの表情も、いくぶん和らいだようである。美由起が「ひとまず、ヘルシーちゃんぽんでは？」と提案すると、矢内さんも「いいですね」と頷いた。

やっと態度が軟化してきた。ちゃんぽんの件は、矢内さんからの申し立てだったのだ。自分の意見が取り上げられて、少しは気が治まったのだろう。

すでに四時五十分。頃合いを見て本題に戻り、智子と矢内さんの間を取りなして終わりにしようとタイミングを窺う。そんな美由起の気も知らず、智子が「あとは価格ね」と、ちゃんぽんの話題をさらに続けた。

「ちゃんぽん麺が六百八十円だから、ヘルシーちゃんぽんは六百円を切るかしら。単価が下がるのは痛いわね」

それはべつに、今決めなくてもいいことだ。矢内さんが、聞こえよがしにため息をつく。

「呆れた、またお金の話ですか」

彼女にとって、お金の話は鬼門なのだろうか。また振り出しに戻ってしまったと、美由起は内心頭を抱えた。

「そりゃあ私の立場上、売り上げは気にするでしょう」

智子もさすがにうんざりしている。謝っても駄目、話題を変えても駄目、矢内さんの求める落としどころが見えてこない。

「そうでしょうね。高級フレンチで修業したシェフ様がいるのに売り上げが落ちたんじゃ、示しがつかないですよね」

違う。売り上げが落ちて困るのは、智子だけじゃない。大食堂の存続に関わる問題なのだと、言ってしまえば誤解も解けるのだろうが。

「ねぇ、もう言っちゃっていい？」と、智子が許可を求めてくる。

「でも――」

美由起はまだ迷っていた。この職場はパートタイマーが多いのだ。経営問題を訴えても、同じ深刻さで受け止めてもらえないのではないか。そんな懸念が舌を鈍らせる。

「私は、共有すればいいと思うけど。皆さんの協力だって必要でしょう」

たしかに智子と美由起だけが必死になったところで、周りからは浮くばかり。それどころか今回のように、いらぬ反感を買うことだってある。

「なんすか？」

中園をはじめとするスタッフが、不審の目を向けていた。ここまで匂わせてしまったら、もはや秘密にしておくという選択肢はない。

「分かりました。私から、説明します」

こうなってはしょうがないと、美由起は腹を決めた。ごくりと飲み込んだ唾が、やけに苦かった。

五

午後五時を過ぎ、美由起は片方の券売機を締めた。スタッフは全員持ち場に戻っており、パーテーションで区切られた座席に一人で座る。手早く現金の集計をしていると、「あの」と矢内さんが気まずそうに顔を覗かせた。

タイムカードを押して帰ったと思っていたが、ロッカーで着替えをしてから戻ってきたらしい。襟元が弛《たる》んだTシャツにジーンズという格好で立っている。私服だと、ややくたびれた感じになる人だ。

「すみませんでした。なんだか、意地になってしまって」

矢内さんの謝罪を聞きながら、美由起は厨房にちらりと目を遣る。智子はこちらを気にも留めず、重そうなフライパンを振っている。

誤解が解けたなら、後のことはもう興味がないのか。八反田と揉めたときもそうだった。謝罪があろうとなかろうと、どちらでもよさそうだ。こだわらないタイプというだけならいいが、実はあまり、自分を大事にしていないのではないかと思う。

美由起は若社長の企《たくら》みを、言葉を選びつつスタッフにも話した。智子が引き抜かれてきた経緯などは端折《はしょ》り、若社長が最上階をテナントのレストラン街にしたがっていること、会長の手前様子を見てはいるものの、成績が下がればすぐにでも手を出してくるだろうことを、時折つっかえながら説明した。

「そのせいで、料理長が売り上げにこだわりすぎているように見えたのかもしれません。余計な心配をかけないようにと黙っていましたが、かえって誤解が生じたようです。前場さんは、大食堂のために頑張ってくれていただけです」

中園をはじめとしたスタッフは、皆ぽかんとした顔で聞いていた。売り上げ次第では自分たちの職場がなくなるかもしれないのだから、驚くのはあたりまえだ。

真っ先に突っかかってきたのは、予想どおり中園だった。

「なんすか、それ。俺だって副料理長すよ。言ってくださいよ」

中園を、信頼していないわけじゃない。それでもこんなに重要なことを秘密にしていたのだから、そう取られてもしかたがない。

「ごめんなさい」と、美由起は頭を下げようとした。しかし中園は「ああ、そうじゃないっす」と言って、意気揚々と腕まくりをするではないか。

「ひとまず、闇討ちでもしますか。あのチャラ社長を」

今度は美由起がぽかんとする番だった。堪えきれずというふうに、智子が声を出して笑う。

「本当にどうしようもないわね、あなたって」

「なんで。釘バットくらい調達するっすよ」

不穏極まりない発言なのに、不思議と場が和む。この男は意外とムードメーカーだ。中園が一人いるだけで、物事が深刻になりすぎない。

「でもあの、どうして若社長は潰したい大食堂に、外部から料理長を入れたんですか？」

そして、小さな違和感にも気づいてくれるのが臼井さんである。

「どうやら私の能力を、ずいぶん低く見積もってくれたみたいでね」

智子は詳細を省き、片頬を歪めて笑った。

「そんな」八反田が息を呑む。見た目によらず共感力が高く、傷つきやすい男である。

「あの、じゃあ僕たちは、遠からず失業するってことですか」

辰巳くんが、ぬぼっとした顔のまま手を挙げた。感情に振り回されないタイプだから、デリケートな質問も淡々としてくる。

「そうならないために、売り上げを伸ばそうとしているの。いくら若社長でもこのご時世に、実績の出ている部門を独断で切ることなんてできないわ」

智子の説明は、かなり断定口調だった。だがここで「たぶん」や「おそらく」をつけると、皆の不安を煽るだけだ。きっと、意図的にそうしている。

「なぁんだ、そうだったのね。でもホールに立ってるだけでも分かるわ。売り上げ、伸びてるでしょ?」

パーテーションの向こう側で聞いていたのか、山田さんがひょっこりと顔を覗かせた。他のホールスタッフも、「そうよね」と頷き合っている。

「ええ、たしかに。でも若社長をぎゃふんと言わせるには、もうひと息」

智子はよくも悪くも、人の激情を煽るのがうまい。スタッフの闘志が上がってゆくのを、美由起は肌で感じた。

「勝てますよね?」という中園の問いに、智子は「あたりまえでしょ」と自信満々に頷いた。

「ね、マネージャー」

ここでまごついてはいけない。美由起も「もちろん、勝ちます！」と腹に力を入れる。

「ですからどうか今まで通り、よろしくお願いします」

メニューをいくらリニューアルしたところで、スタッフの協力がなければ回らない。美由起は今度こそ、ぺこりと頭を下げた。

「なに言ってんすか」と、中園が白い歯を見せる。「今まで通りじゃないすよ、今まで以上に、でしょ」

「いや、あなたはなんだか空回りしそうだから、頑張らないで」

「はっ、なんでですか！」

智子と中園の掛け合いのお蔭で、ぽつりぽつりと笑顔が咲いた。辰巳くんまでがあまり表情を崩さずに、「ははははは」と文字に起こしたような笑い声を上げている。笑い終えてから、こう続けた。

「でもまぁ、あれですね。チームちゃんぽんの底力、見せてやりましょう」

ちゃんぽん？　一同の顔に、疑問符が浮かぶ。

「あれ、通じない？　個性がばらばらの僕たちでも、力を合わせていきましょうっていう――」

最後は尻すぼみに終わってしまったが、ここで五時のタイムアップ。浮かない顔をしていた矢内さんには、「時間ですね。明日にでもまた、お話ししましょう」とフォローを入れて、お開きとなった。

その矢内さんが、自ら謝りに来ている。

改心してくれたのか、それとも開き直って「辞めます」と告げに来たのか。後者である可能性は高いと思う。

このタイミングで、ベテランスタッフに辞められるのは痛い。矢内さんが次の言葉を発する前に、美由起は「あの」と身を乗り出す。集計中の千円札の枚数が、その拍子に分からなくなった。

「もしかして、お疲れですか。仕事のことでしたら、ある程度融通は利かせられますから、言ってください」

過剰に他者を攻撃する人は、たいてい自分も傷ついている。余所《よそ》でつけられた傷を、ほんの少しつつかれて「痛いじゃないか！」と逆上するのだ。怒りという感情は取り扱いが難しくて、ぶつける先をよく間違う。

そういうこともあるかもしれないと当てずっぽうで言ってみたが、矢内さんはびくりと肩を震わせた。智子に食ってかかったのと同じ人とは思えないほど、「すみません」と弱々しく睫毛《まつげ》を伏せる。

「本当は、もう少し長く働きたいんです。でもワンオペ育児ですし、義父まで同居しているので」

子供はこれからお金がかかる。なのに義父は午後六時には夕飯を取らないと気が済まず、夫も家ではなにもしない。まるで子供が三人いるようなものだ。長い時間をかけて矢内さんは、じわりじわりとストレスを溜めてきたのだろう。もう少しでコップの水が溢れるというところに、智子が小石を投じてしまったわけだ。

「そうだったんですね」

美由起はパソコンの画面を切り替えて、作成しておいたシフト表を呼び出す。だから矢内さんは、いつも五時に上がっていたのだ。

「一日一時間でも勤務時間が延びれば、だいぶ違いますよね？」

「はぁ、それはもう」

ホール係の時給は基本が九百五十円。矢内さんはベテランだから、千百円。週五で出れば、多少は潤う。

「夜が駄目なら、朝はどうですか。一時間ほど前倒しで、調理補助に入るとか」

大食堂では早出の厨房スタッフは営業一時間前の十時出勤、ホールは十五分前となっている。仕込みの時間は慌ただしく、もう一人くらい手があればと思っていたところだった。

「いいんですか？」

「むしろ、助かります」

戸惑う矢内さんに、頷き返す。

「ご家庭の問題までは立ち入れませんが、シフトの希望を聞くのは私の仕事です。またなにかあれば、悩む前に言ってください」

「ありがとう、ございます」

よほど追い詰められていたのだろう。矢内さんは、声を詰まらせてうつむいた。

たんなるシフト調整ではあるが、シングルマザーの美由起だからこそ、パートさんたちに寄り添えるところはある。売り上げは上がっても、従業員のＱＯＬが下がってはどうしようもない。

夜の営業は、やはり却下だ。

「ちゃんぽん、上がりまーす」

厨房から、辰巳くんの摑みどころのない声が聞こえてくる。

チームちゃんちゃんぽん。さっきは間が悪すぎて白けてしまったが、あらためて考えてみると、的を射ているように思える。それぞれの個性が混じり合って、最高のひと皿になってゆく。

料理が苦手な美由起にとっては、至難の業だ。それでもやっと、味がまとまってきたのではないだろうか。

少しばかり、スパイスが強めな気もするのだけれど。


終業後手早く着替えを済ませてから、美由起は一階のエントランスホールに向かった。

営業時間が終わっているため、正面玄関にはすでにシャッターが下りている。ここからはもう、誰も出入りができない。

周りを見回して人気《ひとけ》がないのを確かめてから、美由起は鞄からピンクの短冊を取り出した。笹飾りは天井に届くほどの立派なものだ。たくさんの願い事をぶら下げて、だらりと頭《こうべ》を垂れている。これも今夜のうちに業者が来て、撤去してしまう。

でも、その前に。空いているところを探し、短冊を結びつけようとする。手先が不器用なので、なかなかうまく結べない。そうこうしているうちに、「なにしてるんですか」と背後から声をかけられた。

「わっ！」と叫んで振り返ると、制服姿の白鷺カンナが立っている。ロッカールームに引き上げかけたが、インフォメーションのブースに化粧ポーチを忘れたのに気づいて戻ってきたという。

美由起の手元を覗き込み、カンナは愛らしく首を傾げた。

「チームちゃんぽん？　なにこれ、暗号ですか」

短冊に書かれた文字を、不思議そうに読み上げる。

「まぁ、そんなもの」と、美由起は頷いた。万が一若社長に見られたとしても、これなら意味が分からない。

「ちなみに白鷺さんも、チームちゃんぽんの一員なので」

「えっ、なにそれ。なんか分からないですけど、ダサい！」

ダサいくらいでちょうどいい。短冊を結び終えて手を離すと、笹がひょんと上に持ち上がった。

美由起の願い事が、ゆらりゆらりと揺れている。

『チームちゃんぽんに、勝利を！』

大逆転のお子様ランチ

一

ハンバーグ、ナポリタン、オムライス。それらをミニサイズに作り、エビフライを一本添える。デザート用に仕切りのついた一画には、通常サイズのプリンとチェリー。料理長の前場智子が、すべてを手際よくワンプレートにまとめてゆく。

「旗はいるかしら」と言いつつも、ないものはしょうがない。盛りつけの終わった皿が、ことりとカウンターの上に置かれた。

「最、高です」

瀬戸美由起は両手を握り合わせ、その出来映えを絶賛した。ケチャップの赤に、卵の黄色。元気なビタミンカラーが目に鮮やかだ。

「うん、なかなかいいわね。緑が足りないから、このへんにレタスのサラダでも添えれば完璧かしら」

智子がそう言って、ハンバーグの横を指差す。智子の提案でオニオンバター醤油のソースに生まれ変わったハンバーグは艶やかで、隣に緑が入れば、さらに申し分がない。

「あら。できたのね、お子様ランチ」

ホールの山田さんがトレイに空いた皿を積み上げて戻ってきた。通りすがりに、ひょいと賑やかなプレートを覗き込んでゆく。

お子様ランチ、懐かしい響きだ。美由起が子供のころはこの大食堂にもあったのに、いつの間にか姿を消していた。

発端は、今日の朝。倉庫の整理をしていたパートの矢内さんが、仕切りつきのプレートを発掘したことにはじまる。

縁にオレンジの花模様があしらわれた、いかにも昭和らしい陶器である。かつて、まだ大食堂にお子様ランチがあったころに使われていたものだ。安っぽいプラスチックのプレートではなく陶器なのは、高級志向の百貨店としての矜持《きょうじ》だろう。

矢内さんも元々このあたりが地元らしく、互いに「懐かしいですね」と言い合った。そしてふと、リニューアルメニューを盛り合わせればお子様ランチになるのではないかと思いついた。智子にその話をしてみると、さっそく手が空いたタイミングで作ってくれたというわけだ。

「ああ、いいですね。昔のより豪華で今っぽい。でもなんとなく、懐かしい感じ」

食券を手にオーダーを通しに来た矢内さんも、お子様ランチに目を留める。美由起の記憶が正しければ、以前のお子様ランチはオムライスではなくチキンライスだったし、デザートは市販のゼリーだった。エビフライの代わりに添えられていたのは、ポテトフライだった気もする。

「昔の資料がないから、再現とまではいかないけどね」

「べつにいいんじゃないですか。こっちのほうが『昭和レトロ』感は出ていますよ」

「あなたまで、マネージャーみたいなことを言って」

智子と矢内さんが軽口を叩き、ふふふと笑い合う。ひと悶着《もんちゃく》あった二人だが、矢内さんが謝罪し、和解に至ったらしい。智子があまりにも平然としているものだから、しばらくは気まずそうにしていた矢内さんの態度もほぐれてきた。勤務時間が一時間増えて忙しくなったはずだが、のびのびと働いてくれている。

「ヘルシーちゃんぽん、いちです」

矢内さんがはきはきとした声でオーダーを通し、麺部門チーフの辰巳くんが「はーい」と気の抜けた返事をした。ピークタイムには殺気立つ厨房も、午後三時を過ぎて休憩を回しはじめている。副料理長の中園が、調理帽を脱ぎながら美由起たちのいるカウンターに近づいてきた。

「あ、副料理長。休憩に入るならその前に、これと同じものをもうワンセット作って」

智子がそれを呼び止めて、お子様ランチのプレートを指差す。

「は、なんで俺が」

「たぶん、もうすぐ来ると思うのよ」

「誰がっすか」

「プリンつきのお子様ランチを試作するって、連絡しといたから」

「だから、誰に?」

プリンで釣れる相手などかぎられているのに、中園は察しが悪い。薄い眉をしかめて、智子に詰め寄る。そのとき客席との間を仕切るパーテーションの向こうで、足音がした。

「お子様ランチ、できてますか!」

息を切らせて駆け込んできたのは、白鷺カンナだ。眼鏡にすっぴんの、休日モードである。仕事のときには丁寧にブローされている髪が、外向きに跳ねている。

「は、はい。すぐに作らせていただきますです！」

中園は両腕を体の脇にぴたりとつけて、点呼でも取られたように背筋を伸ばした。


「ううん、美味しい」

オムライスを頬張って、カンナがうんと目を細める。化粧などしていなくても、美味しそうにものを食べるカンナは可愛い。お子様ランチを作り上げてから休憩に入った中園も、その食べっぷりに見とれている。

「つまりこれって、リニューアルメニュー全部載せですよね。なんだか得した気分」

「そうすね、チームちゃんぽんの技の集合体っす」

「だからなんなんですか、そのチームちゃんぽんって」

「言ってみりゃ国士無双十三面待ち、みたいな。勝たなきゃおかしいって感じっすよ」

カンナが意味分かんないという顔で、美由起に助けを求めてくる。だがチームちゃんぽんについてあらためて説明するのも気恥ずかしく、にっこりと笑ってごまかしてしまった。

このお子様ランチにはたしかに、厨房のすべての部門が関わっている。八反田が下拵えをしたエビ、辰巳くんが茹でたパスタ、臼井さんの手作りプリン。最後に洋食部門の智子と中園が仕上げをするのだ。美味しくないはずがなかった。

美由起は智子が作ってくれたお子様ランチを食べ終えて、スプーンを置く。花形の洋食メニューがコンパクトにまとめられているので、大人でも満足度が高い。小食の女性なら、この量でも充分だろう。

「復活させるんですか、お子様ランチ」

チームちゃんぽんの正体を追及するのを諦めて、カンナが尋ねてくる。美由起は「ええ、できれば」と頷いた。

「もうすぐ夏休みですし」

七月もすでに半ばを過ぎた。このあたりの小学校は、あと一週間もしないうちに終業式がある。この大食堂にも、子供連れが増えることを期待している。

「そういや自分が働きだしたころにはもう、影も形もなかったっす。お子様ランチ、なんでなくなったんすかね」

「子供が減ったからじゃないですか。あと、百貨店が子連れで来るところじゃなくなったとか」

中園の素朴な疑問に、カンナが的確な分析をしてみせた。

かつての百貨店は屋上遊園地があったりして、明らかにファミリー層をターゲットとしていたはずだ。それが今や、子供が来て楽しめる施設ではなくなっている。子供服やおもちゃだって、専門に安く扱う大型チェーン店がいくらでもあるのだ。わざわざ百貨店に、子供を連れて買い物に来る理由がない。

「きっと、白鷺さんの言うとおりでしょうね。でもリニューアルメニューが注目されはじめている今なら、いけるんじゃないかと思いまして」

SNSやウェブ上の記事などで認知が広まるにつれ、百貨店利用層ではなさそうな客が増えてきた。買い物ついでに食堂に立ち寄るのではなく、食事やお茶を目的としてこの六階までやって来る。土日には、子連れ客の姿も増えた。

「べつに、お子様限定にする必要はないですしね。私にはこのくらいの量でちょうどいいので、大人も頼めるようにしてくれると嬉しいです」

「う～ん、でもねぇ。キッズメニューは、できるだけ価格を抑えたいんですよ。原価率が高くなるので、大人の方にまで注文されると厳しいというか」

カンナの要望はよく分かる。だが親の目線から言わせてもらえば、量が少なめのキッズメニューにそこそこの値段がついていると損をしたような気分になる。おそらくそのあたりを考慮して、ファミレスなどのキッズメニューは価格を抑えているのだろう。

「じゃあ、大人プライスを設定するとか。十八歳以上は百円か二百円くらい、多めにいただくんです」

「さすがっす、白鷺さん。天才でござる！」

中園が手放しにカンナを褒める。そろそろカンナからは、「たまに武士口調になる人」と認識されているのではないかと心配になる。

「ごめん、それは勘弁。うち、テーブルオーダーじゃなくて券売機でしょ。お客さん、ぜったいに買い間違えるから。返金とか買い直しとかで、ホール業務が煩雑になるわ」

くるくると動き回っている山田さんが、通りすがりに苦言を呈してゆく。言われてみればその通り。ホール業務が停滞すると、他の客からもクレームが入る。

「なに、なんの話？」

洋食のオーダーを捌き終えたらしく、智子が厨房からのそりと出てきた。お子様ランチの価格にまつわる一連の流れを伝えると、「ああ、それなら」と腕を組んだ。

「値段じゃなく、内容を変えればいいんじゃない？　たとえば、プリンを外すとか」

「やめてください、プリンは必須です！」

カンナの反応は速かった。智子が唇を「プ」の形にしたあたりで言い返していた。

プリン一つに必死な様子が可愛くて、美由起はつい口元を緩めてしまう。はじめからカンナをからかうつもりだったのだろう。智子もニヤニヤと笑っている。

「このお子様ランチの魅力の半分は、プリンですからね。それがないなんて、ルーなしカレーを食べろと言われているようなものです」

「それもう白米じゃない」

「いや、自分としてはむしろ、カレーの神髄は米にあるんじゃないかと思うっす！」

だんだん話が逸れてきた。このままだと、ルーと米の黄金比率についての議論に発展しかねない。

「えーっと、じゃあ飲み物で調整するとか」

話を戻そうと、美由起は思いついたままを口にする。言葉にしてしまうと、案外悪くない気がしてきた。

「たとえばお子様はドリンクつきで六百八十円。十八歳以上はドリンクなし」

「価格が据え置きなら、中学生以上でもいいんじゃない？」

「そうですね、ドリンクがつくのは小学生まで！」

公共交通機関も、大人料金と子供料金はそこで線引きされている。妥当なラインである。

「プリンが据え置きなら文句なしです」と、カンナもこれなら納得だ。

「夏休みからスタートさせるの?」

智子が腕組みをしたまま問うてくる。美由起は「ええ」と頷いた。

「もっと、早く思いつけばよかったんですが」

「充分よ。この時期にお皿が見つかったのも、なにかの天啓かもしれないわ」

天の啓示など誰よりも信じていないような人が、しれっとそんなことを言う。

「え、聴牌《テンパイ》?」

なにをどう聞き間違えたのか、中園が首を傾げた。これもたしか、麻雀用語だったはずだ。

「はーい、料理長。油売ってないでキリキリ働いて。オーダー、ハンバーグセットとカツカレー」

ホールをひと巡りしてきた山田さんが、食券の半券をひらひらさせて戻ってきた。背後を通り過ぎざまに、智子の腕を摑む。

「あのね、山田さん。私べつに、サボってたわけじゃないのよ」

厨房へと引っ張って行かれながら、言い訳を述べる智子が可笑《おか》しい。初日の挨拶からは想像もつかないほど、この食堂に馴染んだものだ。

「なんだかんだ言って、受け入れられましたよね、あの人」

中園も、同じことを考えていたらしい。テーブルに頰杖をついて、智子を見送る。胃の痛い揉め事もあったけど、過ぎてみれば懐かしい。美由起が一人で奮闘していたときは、スタッフもどこかよそ行きの態度だった。智子が掻き回してくれたお蔭で、各々が個性を出すようになったのだ。

「まぁね、チームちゃんぽんのリーダーですから」

あの強引なまでの牽引力《けんいん》は、自分にはない。眩《まぶ》しい思いで厨房を見遣ると、中園が「えっ」と声を上げた。

「なに言ってんすか。リーダーは瀬戸さんでしょ」

「えっ！」

「え？」

図らずも中園と顔を見合わせ、首を傾げ合う。カンナには、「なにやってるんですか」と笑われた。

まさか自分が、リーダータイプなはずがない。どちらかといえば、サポーターのほうがしっくりとくる。美由起は、「そんなわけないでしょ」と笑い飛ばした。

「あのぅ」

パーテーションがノックされる。矢内さんが、なぜか不安そうな面持ちで立っていた。

「マネージャー。なんか、役員の方が呼んでます」

パートの矢内さんに名前を覚えられるほど、役員は現場をうろつかない。だからこそ、「役員の方」という回りくどい言いかたになる。

それなのに、わざわざ大食堂まで出張ってくるとは。いったいなんの用だろうと、騒ぐ胸を押さえて美由起は立ち上がった。

二

役員は大食堂の中へは踏み入らず、入り口の外で待っていた。美由起をバックヤードへと誘導しつつ、「権田様がいらしている」と手短すぎる説明をする。

向かうは五階、外商サロン。権田様はまだなにか、美由起に文句があるのだろうか。部署が異動になったとはいえ、相変わらずマネージャーとして働き続けているのが気にくわないのかもしれない。

よからぬ想像がぐるぐると頭の中を駆け巡り、心拍数がどんどん上がる。食べたばかりのお子様ランチを吐き戻しそうになりながら、美由起は役員が開けたドアの向こうに足を踏み入れた。

「あれ？」

てっきり権田の奥様が、足を組んで待ち構えているものと思っていた。だがソファにちんまりと座っていたのは、そのへんを散歩していそうなお爺《じい》さんだ。ノーブランドのポロシャツに、スラックス。それでもロココ調の部屋の中で、気後れした様子もない。

「お待たせして申し訳ございません。瀬戸を連れて参りました」

顔面をてからせた役員が、揉み手をしつつすり寄ってゆく。小柄なお爺さんは鷹揚に頷いてから、美由起に微笑みかけてきた。

「こんにちは、瀬戸さん。お仕事中にお呼び立てして、すみませんね」

一従業員相手にわざわざソファから立ち上がり、軽く腰を折ってみせる。美由起は戸惑いを隠せぬまま、「とんでもございません」と首を振る。

「お目にかかるのがすっかり遅くなってしまいました。つい先日まで私、船旅に出ておったものですから」

「船、ですか」

聞けば、世界を周遊する豪華客船である。つまり、お金と時間にかなりの余裕がある証拠だ。

「瀬戸さんには、孫がお世話になったようで」

やっぱりそうだと、美由起は口元を引き締める。この人は、リュウくんのお祖父《じい》様だ。

「その節は、たいへん失礼いたしました」

「いえいえ、とんでもない。こちらこそ、孫を叱ってくれたことに礼を言わねば」

美由起が深々と頭を下げても、権田様は変わらずにこにこしている。正面のソファを手で示し、「まぁ、座りましょう」と促してきた。

役員は、権田様の傍らに立ったままだ。いいのだろうかと目で窺うと、汗だくの顔で頷き返してきたので従うことにした。

「孫もまぁ幼いながら、あなたに悪いことをしたと気に病んでいたみたいでね。私の留守中にこんなことがあったと、耳打ちをしてくれたんですよ。お恥ずかしいことに娘は頭に血が上りやすいもので、あなたに不利益があってはいけないと、こうして訪ねてきた次第でして」

まだ小学一年生ながら、リュウくんはちゃんと「グラスを割っちゃったけど、『謝れ!』なんて言われてない」と、事実を伝えてくれたらしい。偉い大人が寄ってたかって美由起を責め立てたあの光景は、幼い目にはショックの強いものだったのだろう。

「ありがとうございます。ですが私も、お客様に対して適切な態度ではなかったと反省しております」

「ああ、そんなに硬くならないで。客である前に、子供ですよ。物を壊しても平然としているようなら、ひとこと言ってやらなきゃいけません。今の子はよその大人から叱られる経験があまりないですから、孫にはずいぶん刺さったようです。感謝します」

「そんな、感謝していただくほどのことでは」

なぜだろう。権田様は腰が低く、その言葉に嘘はなさそうなのに、脇に滲む汗が止めどない。親愛の情を示されると、畏れ多いという気持ちになってくる。これが、人としての格の違いというものか。

リュウくんが、婿養子だという父親ではなく、祖父に相談を持ちかけるはずである。この人でなければ、あの奥様を制することはできないだろう。

「ねぇ、ところで君、瀬戸さんは元の部署に戻れるの？」

権田様が、ハンカチでしきりに汗を拭っている役員を振り仰ぐ。奥様の言いなりになって美由起を責めた役員は、気の毒なほど怯えている。

「はっ、それは早急に、村山と話をした上で――」

「村山？　ああ、翼くんのことか。村山と聞くとつい、カッちゃんを思い浮かべてしまうね」

さすがマルヨシ百貨店とは、三代にわたってつき合いのある権田家だ。文脈からしてカッちゃんというのは、会長のことだろう。

「なに、翼くん、いないの？　電話は？」

「それが、さっきからかけてはいるんですが」

あの若社長が、そうすんなりと捉《つか》まるはずがない。梅雨明けが近いから、海に行くその前にと、日サロ通いでもしているのではないだろうか。都合が悪いときには、着信を無視する人である。

「あの子もねぇ、ちっとも成長しないね」

権田様が深々とため息をつく。まさしくと、美由起は心の中で同意した。

「すみませんね、瀬戸さん。どうにか元の部署に戻れるよう、かけ合ってみますから。もうしばらく待ってくださいね」

たしか権田様は、マルヨシ百貨店の株主でもあったはず。人事権などもちろんないが、美由起の異動は娘のせいだからと、ひと肌脱ぐ気でいるようだ。

「えっ。あのそれは、お気持ちだけで」

美由起は焦った。大食堂の存続に向けてスタッフが一丸となったこのタイミングで、再び異動と言われても困る。長年慣れ親しんだはずの食器・リビング部門に戻りたいという気持ちが、湧いてこないことにも驚いた。

大食堂に馴染んだのは智子だけではない。美由起もまた、離れがたくなっていた。

「たしかに不本意な異動ではありましたが、今は大食堂の仕事が楽しいんです。まだまだやりたいことが残っています。だからどうか、このままで」

べつに美由起が抜けたところで、智子さえいれば大食堂は順調に売り上げを伸ばしてゆくだろう。でもそれを、外部から眺めていたくはなかった。チームちゃんぽんの一員として、手を取り合って喜びたい。ぜったいにあのメンバーで、若社長に勝つと決めたのだから。

美由起は瞳に決意を込める。権田様は真意をたしかめるように黙ってこちらを見ていたが、やがて「そうですか」とにっこりした。

「なるほど、あなたは逆境に打ち勝てる人ですね。出過ぎた真似をしました」

「そんな。私なんかは周りに支えられてどうにかやっているだけです」

「それはね、誰だってそうですよ」

権田様でも？　言外にそう尋ねると、権田様はゆっくりと頷いた。成功を手中に収めても、己を過信しない人の目だった。だからこそこうして、若輩者の美由起にも頭を下げることができるのだ。

「いずれまた、孫を連れて伺いますよ。あの子も、このままでは気が済まないようですから」

利かん気の強いリュウくんの言動を思い出し、美由起は口元をほころばせる。奥様の説得にも応じず好みのランドセルを選んだあの子は、後ろめたさをそのままにはしておかないだろう。

リュウくんには、また会ってみたかった。できることなら今度は、笑顔が見たい。黒いランドセルを背負って喜んでいたときの、あの弾けるような笑顔を。

「あの、それでしたら」

これはさすがに、差し出がましい提案かもしれない。そう迷いつつも、言わずにはいられずに切りだした。

三

梅雨明け宣言が出され、大食堂の窓越しに見える空はすっきりと青い。入道雲がはっきりと陰影を覗かせて、本格的な夏の到来である。

このあたりの公立小学校は、今日が終業式だ。中学、高校でもそうらしく、制服のままランチを食べに来ている子たちがいる。それぞれスマホを突き合わせ、夏休みの計画を練るのに忙しそうだ。

「いいですねぇ、夏休み。親は地獄ですけど」

ホールのヘルプに入っている美由起に、矢内さんがぼそりと話しかけてくる。

「本当ですねぇ」

空いたテーブルを片づけながら、腹の底からしみじみとため息をついてしまった。

子供が休みでも、親の仕事が休みになるわけではない。美月の場合は学童にも行かないから、明日からなにをするのも自由だ。生活のリズムが狂ってしまわないかと心配だし、昼食の準備が毎日になるのも苦痛だった。

「それ、トレイに載りきらないでしょう。こっちに載せてください」

「ああ、ありがとうございます」

汚れた皿やグラスを手分けしてトレイに重ね、テーブルを拭く。あとは一人でも大丈夫。それでも矢内さんは立ち去らず、ぐいっと顔を寄せてくる。

「あの、それで、来月のシフトは大丈夫ですか」

それが聞きたかったのか。美由起は「ええ、なんとかします」と請け合った。

子供のいるパートさんは、夏休みのうちに家族サービスも必要だ。なるべく休みが重ならないようお願いしてはいるが、どうしても希望日はお盆前後に固まってしまう。その調整に、頭を悩ませているところだった。

「すみません、よろしくお願いします」

矢内さん一家はたしか、北海道に行くのだったか。美由起は逆に、休日返上だなと覚悟を決めた。

「いらっしゃいませぇ！」

大食堂の入り口付近で、お客様を迎える山田さんの声がする。その声がいつもより高いものだから、美由起ははっとして顔を上げた。

ポロシャツ姿の権田家のお祖父様が、きょろきょろと店内を見回している。その傍らには、ランドセルを背負ったリュウくん。一歩後ろに、仏頂面の奥様までいた。先頭に立って彼らをエスコートしているのは、若社長だ。

いよいよお越しになったか。「やだ、若社長までいる」と、矢内さんが顔をしかめている。

「すみません、後を任せてもいいですか」

「もちろんです。行ってください」

矢内さんに、親指を立てて送り出された。美由起はスーツの襟をぴしりと正し、スマートな歩みで入り口へと向かう。

権田のお祖父様がこちらに気づいた。若社長もいるならちょうどいい。今こそチームちゃんぽんの実力を、その目に焼きつけてやろう。

「ようこそ、いらっしゃいませ」

美由起はできうるかぎりの華やかな笑みを浮かべ、権田様たちを出迎えた。

「いやぁ、懐かしい。ここは変わっていませんねぇ」

窓際の一番いい席に案内すると、権田のお祖父様が使い込まれたテーブルや箸立てに目を遣り破顔した。大食堂の内装は傷んだところを補修しつつも、大々的なリフォームは行っていない。

奥様などは、「古臭い」とでも言いたげに眉をひそめている。

「以前もご利用されたことが?」

「もう何十年も前ですけどね。妻とよく来ましたよ。ほら、お前も子供のころに連れてきてやっただろう」

「さぁ、覚えてないわ」

奥様まで招待したつもりはないが、外でおかしなものを食べられては敵《かな》わないと思ってついてきたのだろう。つんと取り澄まし、タイトスカートが皺にならないよう気をつけて椅子に腰掛ける。今日もおそらく、上下共にシャネルである。

「ああ、そうでしたか。でも今はいくらでも美味しい店がありますからねぇ。わざわざこんな、庶民臭いところにお越しいただいて申し訳ないくらいで」

傍若無人な若社長も、権田様には頭が上がらないようだ。今日お越しになると知って、慌てて駆けつけたらしい。前よりも、肌がこんがりと焼けているのは気のせいだろうか。

「本当に、うちの瀬戸が出過ぎた真似を。もしよろしければ、この後別の店で一席設けますんで」

腰を低くしながら美由起の耳元に、「せめて個室はないの?」と囁いてくる。あるわけがない。笑みを浮かべたまま、聞こえなかったことにする。

「庶民臭いもなにも、君もよくここで食べていたじゃないか」

「え、そうでしたっけ」

お祖父様に指摘され、若社長はきょとんと目を丸くした。

「そうだよ。カッちゃんが忙しくて夜中にしか帰れないからさ、せめてランチは一緒に食べようと、ヒロミちゃんが君を連れて来ていたよ。いわばこの大食堂が村山家の食卓だと言って、笑ってたもんさ」

ヒロミちゃんというのが、若社長の母親か。埋もれていた記憶を掘り起こされて、若社長は「はぁ」と放心している。静かになってくれたのはありがたかった。

「失礼します」

いいタイミングで、智子が厨房から出てきてくれた。美由起は一歩引いて、智子の横に並ぶ。

「紹介いたします、うちの料理長の前場です」

フレンチレストランなどで修業を積んでおりましてと、さりげなく都内の外資系ホテルの名前を口にする。案の定奥様が、「あら」と険しかった目元を緩めた。分かりやすい人である。

「明日からお子様ランチが復活しますので、ぜひリュウさんに召し上がっていただきたいと思いまして。失礼ですが、アレルギーや苦手な食材などはございますか？」

「いいえ、ないわ」

リュウくんの代わりに、奥様が答える。だがそれでは不満だったようで、リュウくんが声を張り上げた。

「俺、餡子《あんこ》がダメ！」

「お子様ランチに餡子なんか入ってないわよ」

相変わらず元気いっぱいのリュウくんに、安堵を覚える。「また来てくれてありがとう」と微笑みかけると、照れたように鼻をこすった。

「お子様ランチって、どんなものが入ってるの？」

奥様に尋ねられて、智子が内容を伝える。「旨そうだね」と、お祖父様が目を細めた。

「子供じゃなくても頼めるなら、私にもそれを」

「じゃあ、私も」

「かしこまりました」

美由起は智子と共に一礼をして下がる。厨房に向かいながら肩越しに窺うと、お祖父様が若社長に「カッちゃんは元気かい？」などと話しかけていた。若社長のことは話し相手として、テーブルに置いておいても平気そうだ。

もう一度、リュウくんの笑顔が見たい。それは美由起の純粋な気持ちだった。そしてあわよくば、大食堂を贔屓《ひいき》にしてもらいたい。

権田家を味方につければ、若社長に対抗できる。高級志向の奥様までついてきてしまったのは誤算だったが、智子の経歴に目が眩《くら》んでいるうちに勝負を決めてしまえばいい。

智子が厨房に入ってゆく。美由起はその手前のカウンターで足を止め、下腹部にぐっと力を込めた。

「オーダー、お子様ランチ三つ!」

厨房の中の各リーダーが、返事をする代わりに右手の親指を立ててみせた。


湯気の上がるプレートが三つ、速やかにカウンターの上に並ぶ。

ハンバーグ、ナポリタン、エビフライ、オムライス、そしてプリン。レタスのミニサラダも添えられて、彩りのよいひと皿だ。

リュウくんには、オレンジジュースもついている。今日は招待だからお代はいただかないが、サービスドリンクは子供だけというルールは厳守だ。子供が得をしてこその、「お子様ランチ」である。

「お待たせいたしました」

美由起と矢内さんとで料理を運び、テーブルに並べる。そのとたん、リュウくんが「わぁ!」と顔を輝かせた。

なにせ子供の好きな物が、ワンプレートにぎゅっと詰まっている。この節操のなさと遊び心は、洗練された高級店にはないものだ。回らない寿司屋に連れて行っても、「ツナマヨ巻きないの?」と言ってこその子供である。

「これはいい。実は私、洋食が好物でしてね」

お祖父様の目も輝いている。奥様は粗探しでもするようにプレートをじっと見つめていたが、けっきょくなにも言わずにスプーンを手に取った。

シャクッ。リュウくんが音を立ててエビフライに齧りつく。奥様が「あっ」と我に返った。

「待ちなさい。『いただきます』は?」

自分も忘れていたくせに。手にしたスプーンはすでに、オムライスを掬っている。お祖父様も、ナイフで切り分けたハンバーグを口に運ぼうとしているところだった。

「じゃあはい、『いただきます』」

今さら声を揃えたところで、お行儀の悪い「いただきます」だ。それなのに、妙に微笑ましく見える。

「旨い!」

「違うでしょ、『美味しい』でしょ」

リュウくんの言葉遣いを注意して、奥様がオムライスを頬張った。その口からぽろりと「旨っ!」が零れ落ちたことは、ごくごく小声だったので聞かなかったことにした。

「うん、ハンバーグも旨い。しっかりとした肉の味に、醤油味のソースがよく絡むね。タマネギの甘さも、なんとも言えません」

権田家の「旨い」の連発に、若社長が「え、そんなに?」と驚いている。この人は、ハンバーグのソースがオニオンバター醤油に変わったことすらご存じない。ホテルフレンチでも通用する智子を料理長に据えておいて、なにを驚くことがあろう。若社長はとことん、智子を過小評価しているのだ。

思い知ったかと、美由起は戸惑いを隠せない若社長を横目に見下ろす。今さら周りを見回して、以前より客の入りが多いことに気づいたようだ。「なんで?」と、こんがり焼けた額に汗を浮かべている。

揉め事もあったけど、けっきょくは皆、智子の作る料理の旨さに納得させられてしまった。だから美由起は誰よりも、智子の腕を信じている。つべこべ言わずに料理をひと口食べさえすれば、彼女の真価は分かるはずだ。権田様にも、きっと伝わる。

「パスタも、いつもの店のとは全然違うよ。なにこれ、ケチャップ旨い」

リュウくんにとっては、ナポリタンが初体験のようだ。この和製パスタが、本格的なイタリアンの店にあるはずがない。若社長が、「それってただのつけ合わせじゃないの?」とでも言いたげに目を瞬いた。

「こんなに旨いならさ、ばぁばも来ればよかったのにね」

「そうだな。これは連れてきてやらないと拗ねるな」

「当分お茶漬けでいいって言ってたけど、そろそろ厭きるころでしょうね」

豪華客船の旅には、夫婦揃って行ったようだ。三ヶ月もの間こってりとした料理が食べ放題で、お祖母《ばあ》様は「ソースとかバターとかチーズとか、もうたくさん」と胃を休めたがっていたらしい。

「久し振りに、誘ってみるかな。実は、ばぁばにプロポーズをしたのはここなんだよ」

「ええっ、はじめて聞いたわ。なんだってこんなところで」

「だって俺がこっそり指輪買ったこと、カッちゃんがばらしちゃうんだもの」

この大食堂ができてから、四十数年。その歴史の分だけこの空間には、思い出が詰まっている。

美由起もまたショーケースに貼りついて、どれにしようかと悩んだ子供時代を思い出した。

まだ若かった母が、「やっぱりオムライスなのね」と笑う。美由起の離婚を機に疎遠になっているし、当分会いたいとも思えないが、そういう時代もたしかにあった。

「ちょっと失礼。一本だけ、電話をかけてきます」

いたたまれなくなったのか、若社長が麻のジャケットの内ポケットに手を突っ込みながら立ち上がる。バックヤードへと向かうその背中に、リュウくんのはしゃぐ声は届いただろうか。

「ヤッバ。このプリン、超ヤバい！」

「こら、プリンは一番最後でしょ。ヤバいって言わないの！」

「ヤッバ、ヤッバ。食べてみてよ、じぃじ」

「そうか、ヤバいかぁ」

「もう、お父さんまで！」

きっと今の瞬間も、権田家の思い出の一ページに刻まれるのだろう。美味しい記憶はこの空間ごと、心の中に残り続ける。

たとえば食べるのに夢中なリュウくんに注がれる、お祖父様の優しい眼差し。口うるさいのに、最後には笑ってしまった奥様。店内の適度なざわめきと、厨房から漂ってくるいろんな料理のにおい。リュウくんが、ケチャップで口の周りを真っ赤に染めて笑っている。

いい光景だ。見ているこちらまで、なぜか懐かしい気持ちにさせられる。

そうか、美由起がこの大食堂にノスタルジーを感じてしまうのは、数多くのお客様の、記憶の欠片《かけら》が散らばっているからだ。探せばきっと美由起の欠片も、権田様の欠片も、若社長の欠片だって見つけられる。だからこそ、はじめて訪れた人の胸にもなぜか懐かしく迫ってくるのだ。

「いい食堂ですよね」と、権田のお祖父様が慈しむような目で美由起を見上げる。

ここは謙遜するところではない。本当にそう思っているから、美由起は「はい」と自信を持って頷いた。

四

権田家の面々がお子様ランチを食べ終えるころに、若社長は電話とやらを終えて戻ってきた。席に着くなり、「翼くん、大食堂を残しといてくれてありがとう」と権田のお祖父様に肩を叩かれ、複雑な表情を浮かべたものである。

「料理は昔よりうんと美味しくなったけど、奇をてらっているわけでもなく、安心できるね。君、意外と地に足の着いた経営をしているんだねぇ」

はたしてこれほどまでに、若社長に似つかわしくない評価があるだろうか。たまたま背後を横切って行った山田さんが、「プッ」と噴き出してしまったことは責められない。

「すんげー旨かった。ハンバーグもオムライスもプリンも、ぜぇんぶ！」

「まぁ、案外悪くなかったわね」

奥様は、また取り澄ました顔に戻って紙ナプキンで口元を拭っている。

「また来よう。次は、パパも連れて来よう」

よかった、パパの存在が忘れられていなかった。あまりにも話題に上らないから、心配になってきたところだった。

「そうね、またね」

「またって、いつ。明日？」

「明日はさすがにちょっと」

「じゃあ、明後日！」

子供らしい無邪気さで、リュウくんが奥様から言質を取ろうとしている。しばしの押し問答の末、来週の土曜日に落ちついた。この大食堂に、小さな常連客ができた模様だ。

その様子をにこにこと眺めていたお祖父様が、ふと美由起に視線を振った。それから、若社長にも。

「瀬戸さん、今日はお招きありがとう。孫がずいぶん気に入ったようだし、私も楽しかった。ねぇ、翼くん。百貨店はこれからも厳しくなっていくんだろうけど、この大食堂が元気なかぎり、我々は変わらず応援していきますよ」

それは期待以上の反応だった。飛び上がって喜びたい気持ちをぐっと堪え、美由起は「ありがとうございます」と頭を下げる。

権田家の後ろ盾ほど、心強いものはない。子供のまま大人になってしまったような若社長にも、逆らえないものはある。たとえば父親である会長や、その友人で大株主の権田様だ。

「カッちゃんにさ、今度軽井沢行くから、ラウンド回ろうって言っといてよ」とお祖父様に肩を抱かれ、若社長は頬を引きつらせている。

勝った。少なくとも権田家の応援があるうちは、若社長は手も足も出ない。引き続き不採算部門に入らないよう気を引き締めていけば、大食堂は守ってゆける。お祖父様に万が一のことがあったとしても、リュウくんがいるのだからまだまだ先は長い。

首尾は上々。ホールスタッフの目配せのリレーが、厨房にまで達したようだ。ここからは見えないけれど、智子はきっと不敵に笑っている。

今すぐにでも、智子に駆け寄って行きたかった。あなたが辞めずにいてくれたお蔭だと、心の底からお礼を言いたかった。それから、他のスタッフたちにも。

もはやここまでと、若社長も観念したのだろうか。「でも高級ホテルで修業した人が、なぜここに？」と奥様に聞かれ、「それは、私がスカウトしたからですよ」と自分の手柄を主張しはじめた。

「前場の料理を気に入ってくださって、なによりです」

気分が高揚していたせいで、美由起は若社長のそのひと言に込められた皮肉に気づけなかった。

午後六時五十八分。お客様の最後のひと組を送り出し、彼らがエレベーターに乗ったのを見届けてから、入り口に『準備中』の札を立てる。

それから美由起は右手でガッツポーズを作り、溜めに溜めていた喜びを解き放った。

「よぉっし！」

厨房でも、歓喜の声が上がっている。ホール係でラストまで残っていたのは山田さんだけだ。ひとまず二人でハイタッチをしてから、カウンターに駆け寄った。

「やりましたね、大株主のお墨つき。一発逆転じゃないですか」

いつもは大人しい臼井さんが、頬を上気させて早口にまくしたてる。

「よかった。自分、まだここで働けるんですね」

体育会系の板前修業が肌に合わず、大食堂に流れてきた八反田は、ほっと胸を撫で下ろした。

「ところでお子様が食べるのは『お子様ランチ』、奥様が食べると『奥様ランチ』じゃないでしょうか」

辰巳くんはこんなときでも平常運転。反応に困る冗談を口にする。

「いやぁ、さすがチームちゃんぽんのリーダーっすよ。バシッと決めてくれたじゃないっすか！」

中園は、手を叩いて美由起を賞賛してくれた。そんなふうに褒められると、面映《おもは》ゆい。

「私は、なにもしていないです。皆さんの実力が、権田様に認められただけのことで」

「んもう、なぁに言ってんのよ！」

山田さんに、背中をパシリと叩かれた。前によろめいてしまうくらいの強い力だった。

「その権田様を、ここまで引っ張ってきたのはあなたじゃない。辛いこともあっただろうに、怯まずによくやったわ」

たしかに、権田家は美由起のトラウマだった。入り口に奥様の顔を見つけたときには、心臓が嫌な音を立てて鳴った。

それでも権田のお祖父様は話の分かる方だし、前とは違って一人で立ち向かうわけではない。たとえ美由起が失敗しても、背後にはフォローしてくれるスタッフがいる。そう思えば心強かった。

けっきょく奥様からは謝罪の言葉もなかったが、帰り際にリュウくんが、「グラス、割っちゃってごめんなさい」と耳打ちをしてくれた。子供にとって、三ヶ月は長い。その間ずっと忘れずに、罪悪感を抱えていたのだ。

小さな胸が少しでも軽くなるように、美由起は「いいのよ。謝ってくれてありがとう」と微笑み返した。きっと来週の土曜日には、今日よりもっと元気な笑顔を見せてくれるだろう。

「あれ、前場さんは？」

最も喜びを分かち合いたい人の姿を探して、美由起は厨房の中を見回した。カウンターの向こう側でしゃがんで作業でもしているのかと思ったが、どうやらいない。中園がデッキブラシで厨房の床をこすりながら答えた。

「ああ、なんかさっき人に呼ばれて出て行きましたよ」

「人？」

なんともざっくりとした捉えかただ。社内の人間関係に詳しいベテランの山田さんが、「若社長の鞄持ちよ」とつけ足す。

正式な社員なのかどうかは誰も知らない、若社長のために雑用をこなしている五十がらみの男性である。秘書というよりは「鞄持ち」のほうがしっくりとくる、風采の上がらない男だった。

その人が呼びに来たということは――。

「あ、戻ってきたわよ」

山田さんに肩をつつかれて、入り口を振り返る。調理帽を外した智子は、頭を掻きむしったのか、短く切り揃えられた髪が乱れていた。

「前場さん！」

なにがあったのかと、つい声が大きくなる。智子は「ああ」と、手を上げて近づいてきた。

「やったわね、チームちゃんぽん」

いいや、今はそれじゃない。望ましくない事態が持ち上がったことは、覇気のない表情からも窺える。

「大丈夫ですか。社長に呼ばれてたんですよね」

尋ねても、智子は首を横に振った。

「べつに、たいしたことじゃないわ」

嘘ばかり。ポーカーフェイスを保とうとするあまり、喋るときも口がほとんど動いていない。

「大食堂にかかわることなら、前場さんだけの問題じゃないので話してください」

「違うわ。個人的なこと」

「どうしてさっきから、全然目が合わないんですか」

智子は驚くほど嘘が下手だった。常に本音で生きているから、コツが分からないのだろう。

他のスタッフも、片づけの手を止めて智子が打ち明けるのを待っている。勝利を収めたと喜んだのもつかの間、若社長はまだ奥の手を隠し持っていたのだろうか。臼井さんが不安そうに、両の手を握りしめる。

言い逃れはできないと悟ったか、智子は額に手を当てる。そして誰とも目を合わさず、ぶっきらぼうに吐き捨てた。

「若社長のせいで、この後元夫と会うことになっちゃったのよ」

「はっ？」

無理矢理聞き出しておいてなんだが、本当に個人的なことだった。これは踏み込むところを間違えた。なのに山田さんは少しも気にせず、さらに一歩踏み込んだ。

「なに、復縁？」

「違うわ。まあ、俺が間違ってた、心から悪いと思ってるとかなんとか、そういうメールはしょっちゅうきてたのよ。鬱陶しいから全部無視してたんだけど」

智子はちらりと美由起に視線を送った。珍しく言いづらそうな様子だ。

「私のやり方を尊重するから、店に戻ってきてほしいっていうのよ」

店というのは、智子と共同経営をしていた中目黒のビストロか。一気に雲行きが怪しくなってきた。

「いや、めちゃくちゃ大食堂にかかわってんじゃないっすか！」と、中園が叫んだ。


智子によると、元夫からの謝罪メールはここ最近頻度が増し、店の経営についても泣き言が並ぶようになってきたという。

智子が返事を返さないので、元夫は若社長に泣きついたのだろう。なにを今さらと、若社長もまともに取り合わずにいたはずだ。

けれども今日、権田様の評価を聞いて考えが変わった。智子を引き抜いたのは失敗だったと気づいてしまった。食事中に「電話を一本」と中座したのは、智子の元夫と連絡を取るためだったのだ。

「ああもう、ほんっとうにムカつく！」

手にした刷毛《はけ》を小刻みに動かしながら、白鷺カンナが悪態をつく。オレンジベースのチークの粉が、ふわりと舞い上がった。

「ようするに前場さんが思うように動いてくれなかったから、元のところに返しちゃえってことでしょ。人をなんだと思ってるんですかね」

終業後の、人影もまばらになったロッカールームである。智子をパイプ椅子に座らせて、カンナが手早く顔を作り上げてゆく。

智子が元の鞘《さや》に収まれば、大食堂は以前の状態に逆戻り。一身上の都合だったと言えば、権田様は残念がるだろうが、そういうこともあると割り切ってくれるだろう。若社長の発想は、あまりにも幼稚だ。でもそれに振り回されるほうはたまらない。

「まさか、トリュフ男のところに戻ったりしませんよね？」

「しないわよ」

トリュフ男、それはいい呼び名だ。カンナに顔を覗き込まれ、智子が静かに首を振る。

「でも、いざ会ってみると情が湧いちゃったりしません？」

「……」

どうして返事をしてくれないのか。智子はどことなく、上の空だ。二人で会えるようにセッティングしてやるとそそのかされ、トリュフ男は急遽《きゅうきょ》店を休みにしてこちらに向かっているという。

美由起なら、ぜったいに会わない。元夫の顔など、二度と見たくもなかった。

こんな一方的な約束なんて、断ってしまえばいいのに。会いに行くと決めた智子にも、未練があるんじゃないかと胸がざわつく。

「えぇっと、リップは落ちついたブラウン系にしましょう。前場さんイエベだから」

そう言いながら、カンナがメイクパレットから色を選ぶ。イエベとはパーソナルカラーがイエローベースということで、それによって似合う色が変わってくる。

ロッカールームで一緒になったカンナにトリュフ男が来ることになった経緯を話すと、「任せてください！」とプロ仕様のメイクボックスを取り出した。一見ピンクのジュラルミンケースだが、開けるとライトつきの鏡がついており、細々としたものを入れる間仕切りが立ち上がってくる。カンナご自慢の変身グッズである。

「スッピンのまま行くなんて、冗談じゃないですよ。ここはバシッと顔を作って、『あなたが知っている私とは違うの』ってところを見せつけてやらないと！」

カンナが智子に施しているのは、いわば決別のためのメイクだ。筆や刷毛を扱う手つきに、祈りのようなものが窺える。智子らしくもない歯切れの悪さに、彼女も不安を覚えているのだろう。トリュフ男のことはどうでもよくても、中目黒の店には未練があるのかもしれなかった。

「はい、できた。完璧です！」

仕上げに頰に残った余分な粉を払って、メイクの出来上がり。顔にかからないようピンで留めていた前髪を下ろし、整える。

「わ、格好いい」と、美由起は思わず口元を両手で覆った。

眉は意志の強さを示すようにしっかりと描き、アイラインは切れ長に。淡い色は使わずクールにまとめたメイクが、智子によく似合っている。Tシャツにジーンズという普段通りの私服でも、顔が浮かずお洒落に見えた。

「あなた、美容部員に転向したほうがいいわよ」

智子も感心のあまり、角度を変えて鏡に顔を映している。どこから見ても、隙がない。素晴らしい技術である。

「これで、ガツンと断っちゃってください！」

願いを込めるように、カンナが智子の背中を叩く。美由起も「頑張ってください！」と拳を握った。

「ええ、行ってくるわ」

トリュフ男は、若社長に指定された喫茶店に着いたようだ。智子は鞄を肩にかけ、立ち上がる。そのまま振り返ることもなく、ロッカールームを出て行った。

「前場さん、大丈夫でしょうか」

自分でも驚くくらい、弱々しい声が出る。メイクに使った刷毛やスポンジを片づけながら、カンナも「さぁ」と首を傾げた。

「男女のことって、なにがどうなるか分かりませんからねぇ」

もしも智子が、大食堂を去ってしまったら――。

リニューアルメニューは中園にも作れるのだから、ひとまず問題はないはずだ。プロモーションに力を入れれば、集客だってできるだろう。

けれどもその喜びを、一番に分かち合いたい相手がいない。出会ったばかりのころの困惑はすっかり消え去り、智子がいなくなることを、今となっては美由起の心が拒否している。

いつの間に、こんなにも智子を好きになっていたのだろう。若社長から大食堂がなくなるかもしれないと聞かされたときは不安しかなく、好き勝手に振る舞う智子を見てもうお終いかもしれないと絶望もした。だが智子はその強引さで、美由起だけではどうにもならなかった道を切り開いてくれたのだ。できることならこの先も、一緒に働きたいと思っている。

しかし、彼女の人生だ。やっぱり中目黒の店をやりたいと言われたら、引き留めることはできない。かといって、笑って送り出すこともできそうにない。

どうすればいいんだろう。もやもやが胸の中で膨らんで、頭がまともに働かない。

「ママそれ、顆粒出汁《かりゅうだし》じゃないよ！」

美月の悲鳴に近い声に、我に返る。ぼんやりとしたまま帰宅して、夕飯作りに取りかかっていた。計量スプーンで掬って沸騰した湯にさらさらと投入していたのは、よく見れば金魚の餌だ。

手にしたパッケージを見て、ぎょっとした。

「えっ、やだ。なんでこんなところにあるの！」

「ごめん。棚の奥から出てきたから、後で捨てようと思って置いといたの」

数年前にお祭りで掬って、ほどなく死なせてしまった金魚のために買ったものだ。美月のせいじゃない。パッケージにでかでかと金魚が描かれているのに、間違えた美由起がおかしいのだ。

ため息をついて、鍋の中身を流しに空ける。夕飯の支度が少しも捗《はかど》らない。

「ママこそごめん。すぐ作り直すね」

「無理しなくていいよ。コンビニでなにか買ってこようよ」

背中を撫でる美月の手が優しい。この状態で料理をしても、とんでもなく不味いものが出来上がってしまいそうだ。「そうね」と頷き、エプロンの結び目をほどく。

「あ、鳴ってるよ」

テーブルの上に伏せておいていたスマホがうなり声を上げていた。画面を見てみれば、智子からの着信だ。美由起は「はい！」と勢い込んで電話に出た。

「ねぇ、今からあなたの家に行っていい？」

トリュフ男との話し合いは終わったのだろうか。智子は前置きもなく、用件だけをまくしたてた。

「もし夕飯の準備がまだなら、作るから。白鷺さんも連れて行くわ！」

五

「うわぁ。なにこれ、美味しい！」

スプーンを口に運んだ美月が、頰を押さえて驚嘆の声を上げる。手前の皿には、ひと口分が欠けたオムライス。智子がお腹を空かせた美月のために、手早く作ってくれたものである。

「オムライスって、こんなに美味しいんだ！」

ママが作ったのと全然違う、と言わないのが美月の優しさ。美由起が作るとスクランブルエッグ・オン・チキンライスになってしまう。卵とライスの親和性が格段に違うはずだった。

「よかった。このへんのも適当につまんでね。簡単なものばかりだけど」

リビングのテーブルには、チキンの香草焼き、ニース風サラダ、真鯛のアクアパッツァ、蛸《たこ》のマリネ、ズッキーニとパプリカのグリル、各種チーズの切り落としが並んでいる。智子にとっては簡単なのかもしれないが、瀬戸家の食卓がこれほど豪華だったことはかってない。

あの電話から三十分もせず、智子とカンナが食材とドリンク類を提げてやって来た。と思ったら、あれよあれよという間に食卓が整ってしまった。美由起から見れば、神業以外の何物でもない。

「ドリンクどうします。まずはビール？　それともワイン開けちゃいますか」

「そうね、白開けちゃって。キリリと冷えたやつ」

「はぁい。美月ちゃんは、オレンジジュースとコーラどっちがいい？」

「じゃあ、コーラ」

食事中のジュース類は禁止だが、今日は特別ということにしよう。カンナが開けたのは白のスパークリングで、それぞれのグラスで飲み物がしゅわしゅわと涼しげな音を立てた。

「今日は、なんのお祝いなの？」

いつにない賑わいに、美月が顔を輝かせる。お正月やクリスマスですら、ここ数年は美由起と二人だけで祝っているのだ。美月にとっては、よく知らない人が家にいるだけでも新鮮だろう。

「お祝い？　それもいいわね」

まだ一滴も呑んでいないのに、智子は妙に高揚している。手元のグラスを、目の高さに持ち上げた。

「乾杯の前に、その、元夫とはどうなったんですか?」

美由起がおそるおそる尋ねると、智子の顔色が見るからに変わった。

話を聞けば、智子はトリュフ男を叱って追い返したそうだ。

「店を臨時休業にして来るなんて、ありえないわ。けっきょくそういう適当なところが、経営を駄目にしちゃってるんじゃないの」

今もまだ怒りが収まらないようで、額に青筋を立てている。ロッカールームで言葉少なだったのは、若社長とトリュフ男に対してはらわたが煮え繰りかえっていたせいだという。

「でもいいんですか、中目黒のお店。気になるでしょう?」

美由起もグラスを手に取り、問いかける。元々は、トリュフ男と二人で立ち上げた店なのだ。愛着もあるだろう。

「べつに、今はあの人の店なんだし。アイデアくらいは出してあげてもいいけどね。『お金取るわよ』って言ったら、『ケチ!』って詰《なじ》られたわ」

「うわぁ、どっちがケチなんだか」

カンナが嫌そうに顔をしかめる。智子が「まったくよ」と苦笑した。

「大丈夫、大食堂を辞めたりしないわ。せっかく面白くなってきたところなのに」

「前場さん――」

感動のあまり、瞳が潤みかけた。智子もまた、美由起と同じ気持ちでいてくれたのだと思った。その後に続く言葉を、聞くまでは。

「若社長には私を引き抜いたこと、臓物を吐き出すくらい後悔してもらわないとね!」

今日手にした勝利くらいでは、まだ足りないらしい。「それでこそ前場さんですよ！」と、カンナが喜んで躍り上がる。反対に、美由起はがっくりと肩を落とした。

「ぞうもつ――」と、美月がぼんやりと呟く。カンナがその肩を抱いて尋ねた。

「美月ちゃんは、なにをお祝いする？」

「えっ」

「なにか、嬉しかったことはないの？」

綺麗なお姉さんに話しかけられ、美月ははにかんだように笑った。もじもじしながら、上目遣いに答える。

「えっとね、七夕のお願いが叶ったことかな」

そういえばこの間大食堂にクリームソーダを飲みにきたとき、短冊を書いていた。なにを書いたのかと聞いても、「ナイショ！」と言って教えてくれなかったのだ。

「へぇ、なんてお願いしたの？」

カンナに頰を寄せられて、美月はちらりと美由起の様子を窺った。

「あのね、ママがたくさん笑えますようにって。最近お仕事が大変だったみたいだから、心配だったの」

「美月――」

美由起は両手で口元を覆う。指先で目頭を押さえておかないと、涙腺が崩壊してしまいそうだ。このところ仕事のことで頭がいっぱいだったから、家の中でも態度に出ていたのかもしれない。

「さっきまでちょっと変だったけど、今のママはすっごく楽しそう。お友達ができてよかったね」

智子とカンナが、にやにやしながらこちらを見ている。この二人が来てくれて、そんなにはしゃいでいただろうか。気まずさをごまかして、指先で浮き出た涙を払った。

「美月、ありがとう。でもこの人たちは、お友達っていうかね——」

そう言いかけた美由起を、智子が遮った。

「そう、お友達よ。これからもたまに来るから、よろしくね」

美月に向かって微笑みかけて、グラスを持っていないほうの手を差し出す。

「うん、来ます来ます。下手な店より『居酒屋智子』のほうが美味しいですし」

カンナもまた、智子に倣って手を差し出した。美月は戸惑いつつも、両手を交差させて二人と握手を交わしている。

「ああ駄目だ、ワインがぬるくなっちゃう。ほら、早くグラスを持って」

カンナに促され、美月がコーラのグラスを掲げた。

友達と言っても、よかったのか。呆然としていると、隣に座る智子に肩を突《つつ》かれた。

「美由起さん、乾杯のご発声」

呼びかたが、「マネージャー」じゃなくなっている。急に気恥ずかしくなって、美由起は軽く顔を伏せた。

「ええっと、それじゃあ皆さんでご一緒に」

「なによそれ。まぁいいわ。せーの！」

女ばかり四人で、賑やかに声を揃えた。

カンパーイ！

初出
「小説推理」二〇二〇年四月号〜二〇二〇年九月号

本書はフィクションです。

坂井希久子●さかい きくこ

1977年、和歌山県生まれ。2008年「虫のいどころ」でオール讀物新人賞を受賞しデビュー。17年『ほかほか蕗ご飯 居酒屋ぜんや』で高田郁賞、歴史時代作家クラブ賞新人賞を受賞。主な著書に「居酒屋ぜんや」シリーズや、『ヒーローインタビュー』『若旦那のひざまくら』『妻の終活』『花は散っても』『雨の日は、一回休み』『江戸彩り見立て帖 色にいでにけり』などがある。

たそがれ大食堂《だいしよくどう》

2021年 9月19日　第1刷発行
2021年11月 4日　第2刷発行

著　者―― 坂井希久子

発行者―― 箕浦克史

発行所―― 株式会社双葉社
東京都新宿区東五軒町3-28　郵便番号162-8540
電話03(5261)4818〔営業部〕
03(5261)4831〔編集部〕
http://www.futabasha.co.jp/
（双葉社の書籍・コミック・ムックが買えます）

DTP製版―株式会社ビーワークス

印刷所―― 大日本印刷株式会社

製本所―― 株式会社若林製本工場

カバー印刷―― 株式会社大熊整美堂

落丁・乱丁の場合は送料双葉社負担でお取り替えいたします。
「製作部」あてにお送りください。
ただし、古書店で購入したものについてはお取り替えできません。
電話03(5261)4822〔製作部〕

定価はカバーに表示してあります。

ISBN978-4-575-24441-0 C0093